가 정 교 사 들

Les Gouvernantes

© Éditions Champ Vallon, 1992

Published by arrangement with Agence littéraire Astier-Pécher

ALL RIGHTS RESERVED

AMBASSADE DE FRANCE EN CORÉE Liberté Égalité Fraternité | 주한 프랑스 대사관 문화과

Cet ouvrage, publié dans le cadre du Programme
d'aide à la Publication Sejong, a bénéficié du soutien
de l'Institut français de Corée du Sud - Service culturel
de l'Ambassade de France en Corée.

이 책은 주한프랑스대사관 문화과의 세종 출판 번역 지원
프로그램의 도움을 받아 출간되었습니다.

가 정 교 사 들
LES GOUVERNANTES

안 세르 장편소설

길경선 옮김

ANNE SERRE

은행나무

검은 망으로 머리를 꽉 죄어 묶은 여자들이 대화를 나누며 오솔길을 따라 드넓은 정원의 한가운데로 들어선다. 주변에는 남자아이들이 나무 아래서 굴렁쇠를 쫓느라 깡충대며 발을 구른다. 두 여자 중 하나는 품속에 책 한 권을 끌어안고 있다. 페이지들 사이로 손가락을 미끄러지듯 집어넣고는 책에 턱을 괸다. 반쯤 머리를 떨군 그녀는 말을 하면서도 꿈을 꾸는 듯하다. 발목까지 오는 노란색 가죽 장화가 번쩍이며 비탈의 풀을 내리쳤다가 마치 정신 나간 산토끼처럼 다시 솟아오른다. 다른 여자는 반지도 팔찌도 끼지 않은, 장식이라고는 손목

위 열 개의 진주 단추로 팽팽히 당겨진 소맷자락뿐인 다부진 작은 두 손을 맞잡고 있다.

이제 그들은 환한 대저택으로 들어선다. 2층짜리 낮은 건물이다. 측면은 커다란 나무들 아래 파묻혔다. 그들은 거실에 앉아 위풍당당한 태도로 한담을 늘어놓기 시작한다. 이 계절의 진정한 여왕들처럼 말이다. 텅 빈 집에서 그들은 딱하고 어리석게도 무도회를 준비하는 듯하다. 자신들을 위해 열리는 무도회 그리고 굴렁쇠 놀이를 하는 남자아이들의 무도회를.

거실을 비추는 조명이라고는 카펫 정중앙의 서랍 테이블 위에 놓인 작은 램프에서 새어 나오는 희미한 불빛뿐이다. 집 바깥에서 두 젊은 여자의 머리카락이 유리창에 비쳐 어른대는 것이 보인다. 더위를 느낀 그들은 브로치를 빼고 스카프를 풀고 블라우스를 살짝 벗는다. 차를 내오자 촛불을 켜고 차를 마신다. 반쯤 옷을 벗은 상태에서도 본받을 만한 조심성을 보이는 그들은 막 욕조에서 꺼낸 아기들처럼 매끈한 피부를 가졌다.

엘레오노르는 무언가를 읊조리는 것 같다. 밖에서 들여다보니 입술이 움직이고 있다. 어떤 때는 꽤 격렬히 움직인다. 또 어떤 때는 입술이 꽤 오랫동안 벌어진 채로 있다. 유리창 위로 축축한 치아가 반짝이는 것이 비친다.

한 명이 말을 하는 동안 다른 한 명은 편한 자세로 소파에 누워 등받이 위로 다리를 뻗는다. 그녀는 이내 긴 치맛자락으로 다리를 덮는다. 눈을 감은 채 낮은 테이블 위로 두 손가락을 뻗어 쳐다보지도 않고 잡히는 대로 과자를 집어 입으로 가져간다.

이들은 가정교사다. 내일이면 가족들이 돌아올 것이다. 오스퇴르 부부, 부부의 네 아이들, 어린 하녀, 아마도 친구들 몇 명까지. 그들은 바다에서, 해변에서 돌아온다.

하지만 그 전에 파티를 해야 한다! 이 축제는 3주도 더 전부터 준비된 것이다. 심지어 맞은편 집에 가 있는 가정교사 이네스는 이 파티를 놓친다는 생각에 어제 눈물을 흘렸다. 노인을 돌보라며 그쪽으로 보내진 것이다. 그녀는 꽉 막힌 후덥지근한 방 안에서 탕약을 준비하며 창밖으로 눈길을 던졌다. 사람들이 나와 있는 맞은편 정원을, 우거진 나뭇잎에 감춰진 벤치의 자그마한 모서리를, 우중충한 잔디 가운데로 난 길을, 굴렁쇠를 쫓던 마지막 남자아이를 바라봤다. 노인이 탕약을 들이켠 뒤 안경을 쓰고 커다란 책을 펼치자, 그녀는 창가에 앉았다. 우중충한 정원에서는 늙은 나무 어린 나무 할 것 없이 꼭대기가 흔들리고 있었다. 더 멀리 보이는 자그마한 집은 그 가운데만 희미한 등불이 켜져 있었다. 두 친구들은 뭘 하고 있을까? 파티 준비를 하고 있긴 한 걸까?

어둠이 내려앉은 정원 깊숙한 곳, 맞은편 집에서 가정교사들은 카드놀이를 하고 있다. 모두가 그토록 근엄하다 여기던 엘레오노르는 미친 사람처럼 웃는다. 뺨은 발갛게 달아올랐다. 머리를 뒤로 젖혀 축축이 젖은 머리카락을 흔든다. 남자아이 하나가 거실 깊숙이 들어오더니 커다란 가죽 소파에 앉았다. 아이는 갑판에 둘러놓은 해먹에 기대듯 굴렁쇠에 몸을 기댄다. 두 가정교사가 카드를 치며 부드러운 작은 담배를 피우는 모습을 바라본다. 아이는 한 손으로 굴렁쇠를 잡은 채 이따금 다른 한 손으로 소파 옆에 놓인 커다란 도기 그릇 속 올리브를 집어 먹는다.

둔중하게 돌아가는 괘종시계 아래, 또 다른 남자아이가 서 있다. 짧은 반바지 차림에 뒷짐을 진 아이는 가볍게 상체를 숙여 바닥의 정사각형 타일의 선에 발이 딱 맞춰졌는지, 선을 넘지는 않았는지 살핀다. 오른쪽 얼굴은 곧게 뻗은 머릿결에 가려졌다.

집 안에, 계단에, 층계참에 남자아이들이 지나다니고, 올라가고, 내려오고, 조용히 서로 마주친다. 어떤 때는 굴렁쇠가 계단으로 굴러떨어져 넓은 현관에서 튀어 오른다. 딱 한 번 굴렁쇠가 멈추지 않고 현관을 지나 거실을 가로지르더니 원탁 위에 놓인 꽃병에 부딪힌다. 그러자 아이들 대여섯이 모여들어 깨진 조각들을 줍는다.

우리가 이날 저녁의 일을 진짜라 믿고 가정교사들의 자질을 평가해본다면, 이토록 태평한 두 여자를 고용하다니 오스퇴르 부부가 경솔했다고 생각

9

하리라. 심지어는 무언가 수상쩍다고 주장하리라.

그럼에도 불구하고 우리는 파티에 관해서라면 누구도 이들을 당해낼 수 없다는 판결을 내려야만 한다. 인생의 다른 상황에서―그들이 오스퇴르 부부의 밑에서 일한 지난 3개월 동안의 일들로 미루어 조금이라도 판단을 해본다면―그들의 상상력은 오히려 마비되었거나 야릇한 수줍음의 베일 속에 웅크리고 있는 것처럼 보인다. 하지만 파티나 생일 등 이런저런 일을 기념하는 일이라면 깊은 잠에 빠져 있던 그들의 상상력은 살아나 펼쳐지고, 팔을 벌리고 발을 뻗으면서 우아한 몸짓으로 뛰어오른다.

이제 어떤 오락거리에도 별로 아랑곳하지 않는 오스퇴르 부부는 가정교사들의 이런 탁월한 능력을 높이 평가하며 그들을 높은 직책으로 승격했는데, 그 직책의 정의가 아직은 불완전하다. '유희와 쾌락의 선생님'쯤 될 것이다.

부부는 호의가 넘쳐나서 두 창작자에게 위층의

넓은 거실을 쭉 내어주고는 그곳을 그들의 거처로 삼아 작업 공간을 마련하고 소품, 램프, 굴렁쇠, 단역배우들을 두게 했다. "그리고 필요하다면 곡예사들도"라고 오스퇴르 씨가 상냥하게 덧붙였다. 안타깝게도 자신이 오래전 그 기량을 잃어버리고 만 재주에 감탄한 것이다.

그러나 그가 부인에게 이 사실을 충분히 알리지 않은 채, 침실과 대기실, 아래층 벽장과 화장대 서랍의 열쇠를 가정교사들에게 맡긴 것은 잘못한 일이었다고 생각할 만하다. 이렇게 휘황찬란한 것들이 펼쳐져 있다는 소식을 전해 듣지 못한 부인은 침울한 모습이었다. 부인은 긴 잿빛 드레스를 걸친 채 꽃을 꺾으며 하루 종일 정원을 거닐었다. 저녁이 되자 오스퇴르 씨가 현관과 다이닝룸 사이에서 부인을 재빨리 어루만지며 달랬고, 그녀는 저녁 식사 내내 활짝 웃었다.

오스퇴르 부부는 오늘 바닷가에 있다. 부부는 내일 하녀와 아마도 친구 몇 명을 데리고 남자아이들이 그토록 좋아하는 기다란 자동차를 타고 돌아올 것이다.

　파티는 항상 같은 방식으로 시작된다. 몇 번의
저녁 파티에서 가정교사들은 방에 틀어박혀 열기
에 사로잡히고 가슴이 요동치며 얼굴이 붉게 달아
오른다. 심지어 한 번은—정말로 딱 한 번 있었던
일이다—현관과 계단에서 기절했다. 오스퇴르 씨
는 소금을 찾으러 뛰어갔고, 쥘리(부인의 이름이
다)는 자신의 발치에 가정교사들이 의식을 잃고
누워 있는 동안 새하얀 팔을 비틀고 있었다. 그러
나 보통은 더 순탄하게 흘러간다. 가정교사들은
얼굴이 달아오르다가 저녁을 먹다 말고 눈을 깜빡
거리고 수프 그릇을 뒤엎고는 갑자기 눈물을 흘리
면서 방으로 달아나버린다. 그러면 오스퇴르 부인
은 감상적인 곡조를 흥얼거리며 오스퇴르 씨에게
공모의 눈짓을 보낸다. "저이들을 결혼시켜야 해
요, 결혼시켜야 한다고요." 이제는 오스퇴르 씨가
짓궂은 얼굴을 하고 같이 흥얼거리기 시작한다.
그리고 부부는 처음으로 흥분에 사로잡힌 딸들을

대하는 사려 깊은 부모처럼 서로를 보며 싱긋 웃는다.

하지만 가정교사들의 사정을 한번 들여다보자. 그들은 이제 열여섯 소녀가 아니다! 그리고 원래 공상에는 별 흥미가 없다. 그렇다면 도대체 왜 이런 가식을 떠는 걸까?

가정교사들은 이네스와 좋은 관계를 유지하고 있다. 그들은 대화에 매우 능란한 이네스가 이 유쾌한 재능을 갈고닦도록 격려하면서, 이 재능이 '그녀에게 엄청난 성공을 가져다줄 것'이라고 정답게 이야기한다. 이따금 노인이 설핏 잠에 들거나 카드놀이를 하고 있으면 셋은 함께 뒷짐을 지고 느린 걸음으로 정원을 산책한다. 이네스는 기술을 펼칠 기회가 별로 없다고 불평한다. 노인은 보통 말이 없고, 집안의 일꾼들은 수준이 맞지 않는다는 것이다. 그녀는 친구들을 만나서야 조금씩 지식을 넓히고 말솜씨를 펼치며 그것을 고쳐나갈 기회를 얻는다.

그들은 남자들에 대해 이야기한다. 이것이 바로 그들이 가장 좋아하는 대화 연습의 주제다. 그들의 이야기를 듣고 있자면 지금껏 남자들을 정원의 철책 뒤에서만 보았다고 생각하게 될 것이다. 그들은 남자들이 걸어오는 길과 자신들에게 보내는 제스처를 떠올린다. 세세한 정보들을 덧붙이고, 중요한 행위가 빠졌다면 약간 이야기를 꾸며내고, 서로에게 질문을 던진다. 그 남자들을 오스퇴르 씨와 비교하면서 닮은 점과 다른 점을 찾아보다가, 날이 저물고 저녁 6시쯤 정원과 들판에 추위가 내려앉으면 마치 거대한 죽은 나비들처럼 정원의 철문에 바짝 달라붙는다.

하지만 그들은 순진하지 않다. 엘레오노르는 톰과 6년 동안 동거했고, 로라는 일곱 번의 연애 경험이 있으며, 이네스는 아기가 있다.

나란히 노란색 드레스를 입은 세 가정교사는 저녁이면 정원의 철문에 바짝 달라붙는다. 대문 앞으로 난 길은 당나귀의 등처럼 봉긋 솟아 있고 팔꿈치 모양으로 굽은 길이 바로 이어진다. 행인들의 외모를 살피기에 별로 유리하지 않은 지형이다. 가장 좋은 건 남자들이 걸어서 오는 것이다. 그러면 남자들이 걸어오는 모습을 지켜보면서 자신들의 모습을 들키기 전에 그들을 정면에서 관찰할 수 있는 시간을 벌 수 있다. 남자들이 주머니에 손을 찔러 넣은 채 철문 앞에서 걸음을 멈추면 가정교사들은 이미 그들에 대해 많은 것을 알고 있다. 예를 들어 이네스는 그 남자가 자신의 타입이 아니라는 것을 안다. 엘레오노르는 허리띠를 졸라매고 발꿈치를 들면서 머릿결을 부풀어 오르게 정돈한다. 로라는 한두 가지 질문을 준비한다.

이따금 거대한 세 나비 앞에 차 한 대가 멈춘다. 차에서 내린 남자는 그들에게 더할 나위 없이 분명한 신호를 보낸다. 그는 대문을 흔들면서 안으로 들어오려고 한다. 그들은 물러서지 않는다. 그러다 그는 그들을 원한다며 소리를 지르고 섬뜩한 대화를 시작한다. 가정교사들은 대답한다. 함께 대답하기도 하고 한 명씩 대답하기도 하지만 목소리는 거의 같다. 그러다 그는 울음을 터뜨리는데, 그러면 그들은 엉덩이, 가슴, 입술 같은 패 몇 개를 내보인다. 그들이 셋이기 때문에, 그는 친구들을, 다른 남자들을 찾으러 간다. 놓치기엔 너무나 큰 건수 아닌가. 남자들이 차를 타고 돌아온다. 그들은 열 명, 열다섯 명쯤 되는 것 같다. 그리고 그런 날 저녁은 쭉 이렇게 흘러간다. 노란 옷을 입은 세 가정교사는 철문에 바짝 달라붙은 채로, 남자들은 저녁의 어둠 속, 당나귀 등처럼 봉긋 솟았다 팔꿈치 모양으로 굽은 길의 커다란 나무들 아래 시골 풍경 속에 머물며.

그렇다고 해서 가정교사들이 돈을 밝힌다거나 바람기가 있다거나 뭔가 의심쩍은 구석이 있는 것도 아니다. 평판을 해칠 만한 풍문에 휩쓸린 적도 없다. 오히려 자신들이 일하는 집의 거대한 침묵에 화가 난 것이라 봐야 한다. 이런 침묵이 독서와 명상, 굴렁쇠 놀이의 달인인 남자아이들의 교육, 노인의 휴식, 오스퇴르 부부의 식어가는 애정에 어울리는 것이기는 하지만, 때로 그것이 정원의 커다란 나무 아래에, 거실에, 현관에 가차 없이 자리를 잡왔고, 가정교사들은 그런 곳에 머문다는 사실이 너무나 끔찍하게 느껴졌다. 그리하여 그들은 기분 전환거리를 찾아 나선 것이다.

물론 그들이 밖으로 나갈 수는 있다. 하지만 어디로 간단 말인가? 그들은 가족도 부모도 없다. 그리고 오스퇴르 부부의 집에서 일하게 된 날부터 완전히 사라진 과거는 남아 있지 않다. 그날 모든 것을 버려야만 했다. 그러니까 이런 식으로 흘러갔다. 예를 들면, 학교 운동장의 나무들, 할머니 댁의 나무들, 바닷가로 놀러 가던 길의 나무들, 이것 말고도 모든 나무들이 오스퇴르 부부의 정원으로 몰려들어 이곳의 느릅나무, 떡갈나무들과 뒤엉켜 합쳐지더니 그 안으로 사라져버렸다. 집들도, 창고들도, 성(城)들도, 마을들도 마찬가지였다. 모든 것은 이곳에 도착하던 날 아침, 활짝 열려 있던 대문으로 휩쓸려 들어와서는 오스퇴르 부부의 집 안으로 몰려들었고, 그날 저녁이 되자마자 부부의 집은 기둥, 기와, 벽난로 그리고 아직 돌아가고 있던 시계가 뒤섞인 거대한 덩어리를 삼켜버렸다.

엘레오노르는 그들의 새로운 삶이 조금 염려스러운 힘을 갖게 된 것이 아닌가 하는 생각을 내비쳤었다. 로라는 정착하여 손 닿을 거리에 세상을 갖게 된 것이 기뻤다. 그녀는 이곳에서 안락하게 지내는 편을 택하면서 오랫동안 밖에 나가기를 거부했었다. 쉬는 날에는 정원을 탐색하며 시간을 보냈고, 노인의 집으로 차를 마시러 오라고 끊임없이 그녀에게 간청했던 이네스는 석 달이 지나서야 그녀를 손님으로 맞을 수 있었다.

저녁 6시다. 하늘은 흐릿하고 정원은 쌀쌀해졌다. 잔디 위에서 남자아이들이 흩어져 천천히 걷는다. 몇 명은 하얀 반바지에 밝은색 스웨터 차림을 하고 두세 명씩 무리 지어 앉아 있다. 고되고도 즐거웠던 하루였다. 아이들은 굴렁쇠를 쫓느라 소리를 지르고 무성한 풀 사이를 뛰어오르며 아침부터 저녁까지 내달렸다. 이날 가정교사들은 제정신이 아닌 것 같았다. 하찮은 공 하나가 온실의 유리를 산산조각 내자 그들은 막 아이들을 꾸짖은 참이었다. 엘레오노르는 침실 창문 밖으로 고개를 내밀어 옆을 돌아보고는 안절부절못하며 학생들에게 더 멀리 가서 놀라고 소리쳤다. 그녀는 매우 바빠 보였다. 갈색 머리가 곧바로 커튼 뒤로 사라졌다. 그리하여 아이들은 보통은 출입이 금지되어 있는 온실로 들어가 도기 화분, 솜털로 뒤덮인 베고니아의 잎, 원예용품들 사이의 낮은 턱 위에 앉거나 꽃 아래 누워서 서로 이야기를 나눴다.

아르튀르는 가정교사들의 치마 속을 보았다고 주장한다. 그가 덤불 속에 몸을 숨기고 있을 때 그들이 마치 고깔을 뒤집어쓴 것처럼 노란색 긴 드레스를 입고 꽃 사이를 걸어왔다. 그들은 신나게 손을 맞잡고 속삭였다. 그들은 소년이 등을 대고 누워 몽상에 잠겨 있던 덤불 앞에서 오랫동안 머물렀다. 옆으로 몇 걸음 갔다가는 다시 그가 있는 쪽으로 돌아오곤 하면서 왔다 갔다 했다. 엘레오노르의 뾰족한 구두가 흙으로 더럽혀져 있었다. 치마 한쪽이 잠시 가시에 걸렸는데, 스타킹을 신지 않고 있었고 위로 보이는 다리는 미나리아재비처럼 반짝이는 노란빛을 띠고 있었다.

그레고리는 아르튀르의 이야기를 듣더니 웃음을 터뜨린다. 여자들에 관해서라면 훨씬 더 재밌는 이야기들을 많이 알고 있다면서, 예를 들어 작년에 두 여자가 정원의 철문에 나타났던 일을 들려준다. 그는 그 여자들로부터 자신이 원하는 모든 것을 얻은 듯하다. 그들은 벽에 난 구멍을 통해 나흘 연속 오후에 네 번을 왔다. 그들은 선 채로 있었는데— 이것은 사실이다—그들은 눕고 싶어 하지 않았다. 그들은 그가 명령이라도 내린 것처럼 같은 자리를 뱅글뱅글 돌면서 입고 있던 파란색 드레스를 걷고 팔다리를 들어 올렸다. 키가 큰 여자가 새침을 떨며 주저하자 그가 지팡이를 집어 들었고 그녀도 다른 여자처럼 돌기 시작했다. 그는 마치 서커스 같았다고 말한다. 나이가 가장 많은 아이는 아무 말이 없다. 지난밤 그는 도무지 잠이 오지 않아 침실의 창가에 자리를 잡고, 고요한 시골 풍경을 오랫동안 구석구석 바라보았다. 그러다 그의 시선은 정원 반대쪽 끝에 있는 맞은편 집에서 멈췄다. 가운데 창문 하나에 불이 켜져 있었다. 시골 풍경을 바라보고 있는, 잠을 이루지 못하는 사람의 형체가 보였다. 그 사람에게 신호를 보낼 생각은 하지 못했다. 여자였을까, 남자였을까? 그걸 알기엔 거리가 너무나 멀었다. 그는 이 넓고 우중충한 잔디밭에서 자신처럼 밤을 지새우고 있는 그 사람과 단둘인 것에 쾌감을 느꼈다. 밤이 되어 금빛을 잃은 정원의 철책은 알아볼 수 없었고, 그리하여 소년의 창문에서 맞은편 집까지 운동장처럼 거대하고 황량한 통로가 만들어졌다.

파티를 위해 50개의 꽃병과 50개의 촛대 그리고 그만큼의 전등이 놓일 예정이다. 여기서 대충 준비되는 일이란 없다. '파티'라는 것은 갖은 화려함과 상상력, 폭발을 의미한다. 가정교사들은 그 사실을 잘 알고 있다. 그들은 지난 몇 년 동안 심벌즈와 북을 쳤고, 10킬로미터 사방에서 남녀 할 것 없이 모든 사람이, 심지어는 호기심 많은 개들도 황급히 몰려들어 정원 철책 뒤에서 벌어지는 장면을 탐욕

스러운 눈으로 바라보았다.

올해는 공교롭게도 파티 날짜가 오스퇴르 부부가 돌아오는 날과 겹치게 되었고, 그리하여 축제의 열기는 배가될 것이다. 열기구 여행과 비행기 여행을, 강에서, 어둠이 내려앉은 정원의 거대한 나무들 아래서 게임을 즐길 것이다. 또한 집의 모든 창문은 해 질 무렵부터 이른 아침까지 환하게 불이 켜져 있으리라.

사람들은 화가 나 울부짖으며 계곡으로 질주할 것이고 빙글빙글 돌면서 하늘을 향해 팔을 들어 올릴 것이다. 그들은 지팡이로 있는 힘껏 허공과 잔디밭의 풀을 후려쳐도 된다. 말들을 풀어서 그 목에 매달려 정원을 질주하며 우거진 잎들을 산산조각 내고 말들의 뜨거운 입김 속에 누워 그 발아래 쓰러져도 된다. 나체로 춤을 추고 나체로 술을 마셔도 되며, 팔을 흔들고 모든 사람을 웃게 만드는 끔찍한 비명을 지르면서 갑자기 현관 앞 층계 위에서 몸을 드러내도 된다.

지금 가정교사들은 가장 어린 아이들의 샌들 끈을 매어주고 머리가 헝클어진 아이들의 머리를 정리해주고 파티를 무서워하는 아이들에게 팔을 뻗어 젖은 뺨을 어루만지고 있다. 전혀 두려워할 것 없다고, 그저 다른 이들을 보고 그대로 따라 하거나 혹은 그들이 조용히 즐기고 있다면 그렇게 조용히 있으면 된다고 아이들에게 말해준다.

엘레오노르가 너무 생기가 넘치는 나머지 귀스타브는 두려울 지경이다. 차마 그녀를 가까이서 바라볼 엄두도 내지 못한다. 이네스는 부츠로 타일 바닥에 탁탁 소리를 내며 발을 구르고 빙글빙글 돈다. 로라는 양가죽으로 땋은 커다랗고 부드러운 벨트로 가녀린 허리를 꽉 조인 나머지 숨이 막힐 지경이다. 탁탁, 탁탁. 셋은 함께 발을 구르며 춤을 춘다.

이제는 오스퇴르 부부와 커다란 자동차, 그리고 집 안 여기저기를 정신없이 뛰어다니며 포도주 시중을 들 하녀들만 기다리면 될 일이다. 말들의 털은 말끔히 빗겨졌고 열기구는 잔디 위 곤돌라 옆에 펼쳐져 있으며 악기들은 현관에 가지런히 놓여 있다.

정원의 철문이 끊임없이 삐걱거리며 천천히 열린다. 그 틈에 배달꾼이 드나들며 생선, 꿩고기 젤리, 크림을 담은 그릇 그리고 창문에서 날려 보낼 새들을 나른다. 누군가 현관 앞 층계 위에 초롱을 달았고, 또 누군가는 능숙하게 전속력으로 나무 위를 오른다. 네댓 명의 남자아이들은 1층의 창문 밖으로 몸을 던지고 현관 앞 층계로 몰려들고 거실을 가로지르는 일을 반복한다.

이네스는 채찍질을 해본다. 팔을 아주 높이 들어 올렸다가 있는 힘껏 바닥으로 내리치는데, 사람들은 눈을 반짝이는 이 조련사 앞에서 공포를 느껴야 하는 건지 박수를 쳐야 하는 건지 헷갈린다. 별난 장면이다. 모두가 펄쩍 뛰며 소리 지른다. "그만해! 그만두라고! 미쳤구나!" 엘레오노르는 전축에 음반을 넣었고, 음악은 파티에 끼고 싶지 않은 남자아이들이 숨어 있는 다락방까지 울려 퍼진다.

하지만 모든 것이 거의 준비가 되었음에도 자동차는 도착하지 않는다. 기다리는 사람들은 안달이 났다. 파티를 망치고 싶지 않기에 그들은 그저 노는 척을 하고 있다. 남자아이들은 철문에서 계속 초조하게 기다리면서 창살 밖으로 머리를 내민다.

모든 준비는 끝났다. 오스퇴르 부부가 길고 검은 자동차를 타고 천천히 철문을 넘는 순간 파티는 시작될 것이다. 나팔이 울려 퍼지고 사방에서 찡그린 형체들이 튀어나와 소리를 지르고 웃음을 터뜨리며 한바탕 소동이 일어날 것이다. 잔디밭 전체가 들썩일 것이며, 차에 타고 있는 사람들은 자지러지게 웃을 것이다. 오스퇴르 씨는 이렇게 말할 것이다. "정말이지 대단한 여자들이야! 부인, 우리가 저들을 고용한 게 참 잘한 일 같지 않소?" 그러면 오스퇴르 부인은 미소를 지으며 작은 머리를 옆으로 기울일 것이다. 하녀들은 도중에 내려서 이 유쾌한 무리에 끼고 싶어 하겠지만 감히 그것을 요구할 용기를 내지 못하리라. 이미 망원경의 초점을 맞춘 맞은편의 노인은 한 장면도 놓치지 않을 것이다.

그러나 저녁이 되어도 기다란 자동차는 오지 않는다. 가정교사들은 현관 벽에 등받이를 대고 줄지어 있는 의자들 위에 나란히 앉았다. 남자아이들은 창밖으로 몸을 던지는 놀이가 이제 하나도 재밌지 않다. 게다가 엘레오노르가 이제 그만하라며 가장 어린 아이의 따귀를 때린 참이다. 아이들은 이제 잔디 위를 걸으며 소리 없이 웃는다.

밤이 되었다. 사람들은 위층에서 울고 있다. 가정교사들은 포도주 한 병을 따더니 닭고기 요리와 호두를 조금 가져오게 했다. 그러고는 멍하니 손가락으로 음식을 집어서 깨작거린다. 멀리서 철문이 삐걱대는 소리가 들린다. 그들은 단숨에 자리에서 일어나 심벌즈를 손에 쥐고 잠시 귀를 기울인다. 바퀴가 자갈 위를 구르는 소리인가? 아니, 아무것도 아니다: 그들은 다시 자리에 앉는다. 남자아이 하나가 와서 자러 가도 되는지 묻는다. 다른 아이들은 계단에서 조용히 그 아이 뒤를 따른다. 이제 잔디밭 위의 열기구도 곤돌라도 알아볼 수가 없다. 마구간의 말들은 울음을 멈추었다.

그렇게 몇 분이 더 흐르고, 한 시간이 흐른다. 집은 잠에 들었고 모든 램프의 불은 꺼졌다. 맞은편 집에 사는 노인은 망원경을 정리하고 잠자리에 들었다. 말 한마디 나누지 않고 가정교사들은 천천히 침실로 올라가 잠시 머물다 이내 다시 내려온다. 그들이 현관문을 열자 전등으로 밝힌 층계에서 잠시 그들의 모습이 보인다. 노란 드레스를 입은 그들은 밤을 샅샅이 살펴보는 것 같다. 그들은 오솔길로 빠르게 걸음을 옮겨 숲속으로 사라진다.

금빛 철문이 열리자 그 틈으로 한 낯선 남자가 들어온다. 엘레오노르는 그자를 면밀히 감시하고, 로라는 창가에 서서 숨죽인다.

　남자는 잔디밭을 가로지르다 멈춰서 어떤 나무의 가지들을 살펴보고 줄기를 손으로 어루만지고 고개를 오른쪽으로, 또 왼쪽으로 돌리더니 다시 가던 길을 가기 시작한다. 아직 얼굴이 어떻게 생겼는지 알아볼 수는 없다. 그는 느린 걸음으로 걷다가 이따금 서늘하고 축축한 공기를 힘껏 들이마시기라도 하듯 고개를 뒤로 젖힌다. 집 안에서는 가정교사들이 모여 질문을 던진다. "저 남자는 누구지? 어디서 온 걸까? 들어오게 해도 되는 걸까?"

그는 집 쪽으로 걸어오지 않고 갑자기 옆길로 빠지더니 숲속으로 사라져버린다. 새 한 마리가 날갯짓 소리를 내며 덤불숲에서 급히 날아오른다. 엘레오노르와 로라가 계단으로 잽싸게 달려가더니 숨을 헐떡이며 머리가 조금 헝클어진 채로 현관 앞 층계에 나타난다. 그들이 그 남자가 그렇게 가버리도록 둘 리가 없다. 그는 그들이 쳐놓은 광대하고 황량하고 내밀한 덫에 걸린 것이다. 그들은 그물을 꺼내어 그를 잡으러, 가두러 간다. 파란색과 갈색 드레스를 입고 이제 그들이 숲속으로 들어간다. 성큼성큼 걸으며 뾰족한 부츠로 덤불숲을 헤쳐나간다. 아직 멀리 갔을 리 없다. 저쪽에 녹색 점이 나무들 사이로 나아간다. 그 남자다. 사냥이 시작된다.

그는 두려운 걸까? 마치 두 마리의 야수에 쫓기는 사람 같다. 그가 지금 뛰고 있을까? 그렇다마다. 그는 질주하고 있다. 뛰어서 초원을 가로지른다. 가정교사들은 지름길을 알고 있다. '두고 보자, 조금만 기다리라고!' 그들은 생각한다.

그들의 치마는 가시덤불에 걸려 여기저기 찢어진다. 키 큰 고사리들이 머금고 있던 물기가 뾰족하고 윤이 나는 신발 위로 후드득 떨어진다. 팔은 긁혔고 다리는 빗물이 튀었으며 치마는 냄새가 배었다.

이 집에서 매일 사냥이 있는 것은 아니다. 대개는 사냥감이 부족하다. 저 남자는 몸이 꽉 잡힌 채로 핥아지고 깨물리고 잡아먹힐 것이다. 모든 것을 내어주고 난 그는 녹초가 될 것이고, 그제야 그들은 그를 놓아줄 것이다. 그는 마치 갓난아기처럼 초원의 야생 풀숲에 발가벗은 채로 누워 있을 것이다. 그리고 그들은 창가에서 낯선 남자가 찾아오기만을 애타게 기다리던, 그토록 길고 절망적이던 겨울의 밤들을 추억하게 되리라.

그들은 마른 돌로 쌓아 올린 두 담장 사이에 도랑처럼 파여 있는 작은 오솔길로 접어들었다. 간혹 그들의 머리 윗부분과 초원 높이에서 흩날리는 머리카락만 보인다. 이제 남자의 소리가 들린다. 그는 저쪽에서 정신없이 뛰어가며 숨을 헐떡이고 있는데, 이미 뛰는 속도가 줄어들었다. 그는 항복하게 되리라. 더는 어찌할 수 없으리라. 엘레오노르가 달려들어 그의 몸을 뒤에서 팔로 꽉 안았다. 그들은 그를 땅에 눕히더니 바지를 벗긴다. 매우 잘생긴 남자다. 빗물에 젖고 진흙이 묻었지만 그래서 더 탐이 날 따름이다. 로라는 이빨로 그의 아랫도리 속옷 끈을 푼다. 한 명은 옷 밖으로 가슴을 드러냈고, 다른 한 명은 이미 치마를 허리춤까지 들어 올렸다. 그들은 그를 혼쭐낼 것이고 자신들의 일을 볼 것이다.

광기에 사로잡혔다 다시 온순해진 그들은 겁에 질린 페니스를 꺼낸다. 엘레오노르는 그것을 손으로 잡더니 꼭 쥐어서 손가락 사이에 가두고는 천천히, 아주 천천히 위아래로 미끄러뜨린다. 갈색 치마를 들어 올린 로라는 낯선 남자의 얼굴 위에 웅크리고 앉았다. 남자의 눈꺼풀은 감겨 있다. 그러나 호흡은 빠르고 거칠다. 그의 창백한 페니스가 조금씩 붉어지더니 꼿꼿해진다. 그는 조금 전 축축한 공기와 나무의 냄새를 들이마셨던 것처럼 로라의 체취를 들이마신다. 이제 그는 두렵지 않다.

이제 페니스가 곤추섰다. 자두처럼 보랏빛이 도는 귀두는 엘레오노르의 가녀린 손가락 사이에서 빛난다. 그녀는 파란색 치마를 들어 올려 그의 위에 웅크리고는 우뚝 선 물건에 서서히 꽂힌다. 뜨겁고 단단하고 매끈한 그것이 그녀 안에 박힌다.

저녁 6시가 되자 그들은 멈춘다. 남자는 기진맥진한 상태다. 고운 손은 벌려진 채 몸 옆에 아무렇게나 놓여 있다. 그가 추워하며 움직이지 않기에 그들은 다시 옷을 입혀준다. 그러고는 약간은 지쳤지만 행복하고 충만한 상태가 되어 아무 말 없이 집으로 돌아간다.

둘은 서로를 끌어안은 채 숲속을 걷는다. 다리가 휘청거리고 입술은 부풀었다. 이제야 그들의 육체는 안정을 찾았다. 정원에는 아이들이 놀러 나와 있다. 그들은 가정교사들을 둘러싸며 마치 전쟁에서 승리하고 돌아오는 자들을 맞이하듯 기쁨의 함성을 지른다. 그들은 춤을 추며 가정교사들과 함께 넓고 얼음장처럼 추운 복도로 몰려 들어간다.

오늘 저녁 이네스가 돌아올 것이다. 셋이서 카드
놀이를 할 것이다. 그리고 남자들에 대해 이야기
할 것이다. 그리고 누가 알겠는가, 내일, 아니면 한
달 뒤, 혹은 일 년 뒤, 또 다른 낯선 남자가 그들의
내밀함 속으로, 갑자기 마법처럼 열리는 금빛 철문
뒤에 놓인 밤처럼 감미로운 이 덫으로 걸어 들어오
게 될지.

7월이 되자 언덕 위로 먼지가 날린다. 날은 무덥고 태양은 작열하여 햇볕에 익은 풀들은 마르고 노랗게 시든다. 가정교사들은 아이들을 데리고 산책을 나왔다. 잔가지에 찔린 살갗을 드러낸 채 그들은 들판에 누워 하늘이 천천히 구름의 늘어진 자락을 끌어서 옮기는 모습을 바라본다. 하늘에 얼굴 하나가 그려진다. 입은 벌어지고 코는 튀어나오고 머리카락은 엉킨다. 이제는 동물의 모습이다. 뛰어오르려다가 중간에 사라져버린다. 뛰어노는 남자아이들의 함성은 꿈의 함성처럼 들린다. 현실 세계는 덥고 가혹하고 지글거리며, 벌레들이 윙윙대는 소리로 가득하다.

가정교사들은 누운 채로 담배를 피운다. 가벼운 연기를 내뿜고 나서는 공기를 들이마시며 폐를 한껏 부풀린다. 치마를 허벅지 위까지 들어 올려 맨다리로 햇빛을 느끼고 블라우스의 후크를 풀어 햇빛이 가슴 사이로 흐르도록 둔다.

멀리서 쓸쓸한 워낭 소리가 들린다. 뒤이어 들려오는 개 짖는 소리는 동굴 안에서 나는 것 같다. 태양이 피부를 태우고, 잠들어 있는 육체 위로 미세한 물줄기가 목덜미에서, 겨드랑이에서, 사타구니 주름에서 흘러내린다. 풀밭에 흩어진 머리카락 위로 공기처럼 가벼운 잠자리들이 마치 수면 위에서처럼 걷는다.

바로 그때 지난번 낯선 남자가 떠오른다. 그들이 모든 즙을 빨아 먹고 모든 꿀을 뽑아내자 수척해진 얼굴. 잡으려 애쓰던 격렬하고 맹목적인 손. 더는 자신의 것이 아닌 것 같았던 발기한 성기. 그들은 그를 되찾아 원래 자리에 돌려놓은 뒤, 다시 그의 모든 걸 끌어내고, 그로부터 이 찬란한 감미로움을 얻고 싶다. 그것 없이 그들은 유배된 느낌이다. 더 위에 넋이 나간 엘레오노르는 빨갛게 달아오른 얼굴을 하고 앉았다. 로라는 몸에서 줄줄 흘러내리는 땀을 치맛자락으로 천천히 닦는다. 빨간 드레스를 입은 갈색 머리의 이네스는 잠이 들었다.

아이들은 자리를 떠났고 주변에는 아무도 없다. 그들은 속바지를 벗고, 뒤쪽으로 샌들, 치마, 블라우스를 던지고서는, 불어오는 바람에 부풀어 오른 빨간 드레스를 입은 친구 곁에 발가벗고 누웠다. 그들은 반짝거리는 덥수룩한 음모 위로 잠자리가 돌진해오게 내버려둔다. 엘레오노르의 그곳은 아직 태양에 붉게 변하지 않은 새하얀 양 허벅지 사이에 봉긋 솟아 있다. 곱슬곱슬하고 그다지 빽빽하지 않은 로라의 그곳은 향기 나는 배 아래에 난 이끼처럼 보인다.

허벅지 사이로 햇빛이 비집고 들어와서는 닫혀 있는, 추억과 기다림으로 가득 찬 틈새를 덮힌다. 마치 그 낯선 남자가 그곳에 있는 것처럼, 그가 다가오고 있는 것처럼. 그는 이름이 없을 것이다. 그가 어디서 왔는지는 중요하지 않으며, 그와 결혼하려는 꿈도 꾸지 않을 것이다. 바라는 것이라고는, 그를 빼앗긴 이 위로할 수 없는 몸들을 그가 위로해주는 것뿐이다. 감미로운 손길로, 감미로운 입으로, 감미로운 몸짓으로, 감미로운 페니스로 폭풍우가 몰아치는 자궁을 진정시켜주기를 바랄 뿐이다.

이 폭풍우를 진정시키려면 오랜 시간이 걸리기에 그는 한 번, 두 번, 아니 아마도 열 번은 다시 시작해야 할 것이다. 수백만 년에 걸친 천둥이, 태곳적의 번개와 지금 이 순간의 번개가 요동치고 있다. 아주 오래 전부터 수도 없이 타오른 이 불꽃들을 잠재우기 위해서 그는 쉬지 않고 몸을 움직여야 할 것이다. 오랜 폭풍우를 잠재우면서 그가 새로운 폭풍우를 불러오기에 그의 임무는 끝이 없으리라.

그들은 그를 사랑하게 되리라. 그가 안으로 들어오기만 한다면 말이다. 그들 밖으로 나가는 순간 그를 증오하게 되리라. 그를 다시 돌아오게 하기 위해서 그들은 그를 사랑하는 척 연기를 할 것이다. 하지만 그들의 감미로운 말과 다정한 눈길 뒤

에는 혹여 너무 늦는다면 그를 산산조각 내버릴 준
비가 된 분별 잃은 성난 님프들이 숨어 있다.

그가 그들의 부드러운 성기의 누에고치 안으로
미끄러져 들어올 때, 비로소 그 낯선 남자를 되찾
게 되리라. 그는 그곳에 머물며 잠이 들 것이다. 많
이 걷고 많이 움직였기에 그는 지쳐버렸다. 그가
바라는 것은 환대이며, 보금자리에서의 휴식이다.
그는 그들 안에 누워 하늘을 바라보고 바닷소리를
듣고 싶다. 그러나 그는 폭풍우 속에서 잠든다. 결
코 그들 안에서 쉴 수는 없으리라.

처음에 그들은 어떻게 이 폭풍을 잠재워야 하는
지 알지 못했다. 시간이 지나고 경험이 쌓이며 알
게 되었다. 처음에는 달리기를 해야 한다고 생각했
다. 그래서 미친 여자처럼 정원을 뛰어다니고, 나
무 위를 오르고, 새들을 쫓고, 철문 앞에서 발을 동
동 구르고, 서로에게 온갖 물건을 집어 던졌다. 수
영을 하고, 열병에 걸린 것처럼 밤새도록 책을 읽
고, 꿩을 통째로 먹어치우고, 자기 드레스를 찢고,

하녀에게 입을 맞췄다. 그러다 처음으로 낯선 남자가 나타났는데, 그때 그들은 그를 매우 경계했다. 사람들이 사랑에 대해, 남자들에 대해, 그들의 힘에 대해 이야기하는 걸 들은 적이 있었다. 그리하여 그들은 그 남자에게 겁을 먹었던 것이다. 침실커튼 뒤에, 복도의 어두운 구석에, 문 뒤에 몸을 숨기고는 그 남자를 관찰했다.

그가 가까워지자 그들은 속마음을 알 수 없는 얼굴이 되었고, 몸은 말이 없어졌다. 게다가 그들은 겨우 몸이라는 것을 갖게 되었을 따름이었다. 낯선 남자가 그들 밖에 머문다면, 그를 관찰하는 건 아무 소용 없는 일이며 그에게서 아무것도 알아낼 수가 없는 일이었다. 너무나 강력하게 감춰진 비밀이 그들을 남자에게 다가가도록 부추겼다.

그들은 모습을 숨긴 채로 그를 관찰할 수 있는 어두운 구석을 떠나 밝은 방의 한가운데로 걸어갔다. 그들은 그와 시선이 마주쳤다. 시선에서 이는 욕망을 보았을 때 그들은 숨겨진 비밀이 바로 그런 것과 관련되어 있음을 알 수 있었다. 그리하여 그들은 문을 살짝 열어보기로 했다. 하지만 딱 반만 열어서 흘끗 내다볼 요량이었다. 아무것도 내어주지 않을 생각이었다. 아무것도, 손가락 끝마디조차도 말이다. 그들은 남자와 공유하지 않고도 그 비밀을 알고 싶었다. 하지만 또 실패였다. 문을 살짝 열자 시선에 있던 것과 똑같은 것이 보였다. 그 이상 아무것도 없었다. 비밀은 여전히 그 뒤편에 있었다. 그들이 다가가야만, 그가 자신들을 만지도록 내버려둬야만 했다. 그들은 입술을, 가슴을, 어떤 때는 온몸을 내어주었다. 그러나 그것으로 충분하지 않았다. 그가 안에 들어왔어도 그들은 여전히 그 비밀이 무엇인지 알 수 없었다. 아무것도 느끼지 못했기 때문이다.

그러던 어느 날 몸속에서 무언가가 꿈틀댔다. 무언가 그들의 팔다리 속에 흐르더니 거기서 수없이 많은 불꽃이 일었고 밤이고 낮이고 타오르기 시작했다. 그제야 그들은 남자를 더는 두려워하지 않게 되었다. 그들은 금빛 철문을 살짝 열고 앉아서, 그가 다가와 그가 가진 욕망의 비밀인 이 보드라운 덫에 걸리길 말없이 가만히 기다렸다.

그들은 몇 명의 낯선 남자들을 경험했다. 깊은 밤 정원에 갇혀 있는 세 명의 가정교사들에게는 꽤나 많은 숫자다. 그들처럼 산다면 남자를 전혀 만나지 못한다고 해도 놀라운 일이 아닐 것이다. 그러나 정원에서 길을 잃어서건 아니면 호기심에 그곳에 들어와서건 꽤 많은 남자들이 다가왔고, 그렇게 덜커덕, 그들 뒤로 금빛 철문이 닫히곤 했다.

그들은 낯선 남자들이 다가오는 것을 바라보며 크나큰 기쁨을 느꼈다. 때때로 그들의 가장 큰 기쁨이었다. 남자들이 아무것도 모른 채 다가와, 절대 대놓고 드러나지 않는 유혹의 은밀한 경고를 받을 때, 그들은 절대 권력을 가지게 되었다.

그러나 남자가 꼼짝달싹 못 한 채 소비되고 나면, 그들은 이내 세 명의 처량한 가정교사들로 되돌아왔다. 세 사람 사이의 화합이 없었더라면, 그들은 어쩌면 절망에 빠져 스스로 목숨을 끊었을지도 모른다. 남자를 정복하고 나면, 그들은 공허하고 휑한 거처로 돌아왔다. 물론 추억을 지니고 있었으나 그것만으로 미칠 지경인 세 가정교사들을 행복하게 만들 수 있겠는가?

왜냐하면 그들은 절대로—그리고 이것은 그들의 이야기에서 가장 덜 흥미로운 부분이 아니다—낯선 남자를 머물게 하지 않기 때문이다. 그들은 그럴 수 있다는 생각을 해본 적도 없을 것이다. 낯선 남자를 집에 들인다고? 세상에, 안 될 일이다! 정원이라면, 괜찮다. 서건, 앉건, 눕건, 잡아먹건, 잡아먹히건, 괜찮다. 하지만 고요한 저택의 문을 넘는다면? 그건 안 된다. 어떤 일이 있어도.

그렇다면 도대체 왜? 어떤 방에 보물이라도 숨겨두고 있어서 접근을 막는 것일까? 그런 이유는 전혀 아니다. 물론 몇 가지 귀중품과 남자아이들이 있기는 하다. 그러나 이 때문에 사랑에 빠진 가정교사가 마음에 드는 이를 데려오지 못한 적이 있었던가?

저택 가장 안쪽에 오스퇴르 씨가 머무는 방이 있

다. 가정교사들의 흥을 깨버리는 사람이 바로 그일 것이다. 오스퇴르 부인과 하녀들도 있기는 하지만 그들은 별로 대수롭지 않다. 그들의 실루엣은 보잘것없다. 그러니까 장애물은 오스퇴르 씨다. 그가 무엇이건 반대하는 사람은 아니다. 하지만 기이한 위력을 갖고 있어서 그의 존재감이 집 안 구석구석까지 자리 잡고 있다. 오스퇴르 씨가 있으면 집 안에 다른 남자를 위한 자리는 조금도 남아 있지 않는 것 같았다.

그다음을 상상하기는 어렵지 않다. 낯선 남자들을 편히 잡아먹기 위해 가정교사들은 틀림없이 조만간 오스퇴르 씨를 쫓아버릴 궁리를 하게 될 것이다.

오스퇴르 씨는 흡연실에 앉아 윤기 나는 기다란 시가를 피운다. 오스퇴르 씨는 이 집의 주인이다. 밤 12시, 모두가 잠들었다. 집의 중심에서 그는 감시를 한다. 잠들어 있는 집의 박동이 그로부터 나오고 그에게로 다시 돌아간다. 그가 내보내는 신호들은 느리고 규칙적이다. 그가 가정교사들로부터, 잠을 이루지 못해 베개에 대고 머리 방향을 이리저리 바꿔보는 오스퇴르 부인으로부터, 깊은 잠이 든 남자아이들로부터, 하품을 하며 애인을 생각하는 하녀들로부터 받는 신호들은 사방에서 터져 나오며, 짧고 무질서하다.

방 한가운데 소파에 편안하게 자리 잡은 그는 이런 외침들, 지저귐들, 여자들과 아이들의 낑낑대는 소리를 수신한다. 그리고 이 신호들을 자신의 심장에 섞은 뒤 마치 등대의 신호처럼 느리고 규칙적인 신호로 변환한다. 그 시각, 가정교사들은 안정을 찾았고 오스퇴르 부인은 마침내 잠들었으며 남자 아이들은 꿈을 꾸기 시작했고 하녀들은 미소를 지으며 잠을 잔다.

　오스퇴르 씨의 임무는 쉬운 일이 아니다. 집안을 질서 있게 유지하기 위해 감시를 해야 한다. 그러지 않으면 언제든 닥쳐올 준비가 된 위험이, 있는 힘껏 벽을 부수고 창문을 열어젖힐 것이다. 그가 집의 중심에서 마치 시계처럼 감시를 하지 않는다면 무슨 일이 벌어질지는 아무도 모른다. 가정교사들은 노란 드레스를 입고 헐떡거리며 날뛰고, 하녀들은 고래고래 소리를 지르고, 남자아이들은 창밖으로 몸을 던지고, 그토록 단정한 오스퇴르 부인은 잿빛 드레스를 벗어 던지고 깡마른 나체로 현관 앞 층계에 누워 미친 여자처럼, 고약한 미친 여자처럼 웃을지도 모를 일이다.

그리하여 그는 매일 밤 자신의 심장으로 모든 식
솔의 호흡을 인도해야 한다. 침실마다 뿜어져 나오
는, 현관 앞 층계에서 서성대는, 문 아래에 끼어든
무질서의 유입을 소파에 단단히 자리 잡은 그의 고
독으로 상쇄해야만 한다.

부부가 가정교사들을 고용했을 때, 집은 고요했
다. 지나치게 고요했다고 해야 할 것이다. 그래서
그가 감시할 필요가 없었다. 그것은 아무 쓸모 없
는 일이었다. 저녁이 되면 그는 정사각형의 큰 침
대에 누워 하얀 이불을 목까지 끌어 올렸다. 그리
고 이유를 모른 채 불안감을 느끼면서 격분하며 잠
을 청하곤 했다. 그는 아내의 새하얀 몸을 끌어안
았지만 강렬한 만족감을 얻을 수 없었고, 오스퇴르
부인을 향한 사랑에도 불구하고 자신의 남성성이
쓸모없어짐을 느꼈다.

그에게 필요한 것은 무질서였다. 그는 반대편의
힘들을 지배하고, 눈꺼풀만 씰룩거려도 감미로운
소리가 나게 하고, 날카로운 소리는 없애버리며,

지휘봉으로 오케스트라를 지휘하고, 꺼진 불꽃을 살아나게 하고, 불을 끄고, 어둠을 물러나게 하고, 태양을 떠오르게 하기 위해 존재하는 사람이었다. 그러나 그런 삶 대신 그의 곁에는 속이 훤히 들여다보이고 그의 꿈에 순종하게 되어버린, 그에게 더는 어떤 욕망도 불러일으키지 않는 오스퇴르 부인이 있었다.

가정교사들이 정원으로 들어서던 날, 오스퇴르 씨는 그들이 도착하는 모습을 거실의 커튼 뒤에서 지켜보고 있었다. 그들은 일렬로 줄지어 들어왔다. 맨 앞에는 빨간색 드레스를 입은 이네스가 보따리를 흔들고 있었고, 그 뒤로 파란색 치마를 입은 로라가, 그리고 마지막엔 엘레오노르가 무리를 이룬 남자아이들의 머리 위로 긴 채찍을 휘두르고 있었다. 그는 감탄했다. 삶이 다가오고 있었다. 그는 기쁨으로 두 손을 비비면서 거실에서 펄쩍펄쩍 뛰었다. 그들이 들어왔다. 기억과 욕망을 한가득 안고, 그들의 꿈에 걸려 있는 낯선 남자들, 앞으로 태어날 그들의 아이들, 앞으로 찾아올 그들의 사랑, 끝없이 이어지는 그들의 선조들, 그들이 읽었던 책들, 그들이 향기를 맡았던 꽃들, 그들의 금빛 다리, 그들의 장화, 그들의 반짝이는 치아와 함께.

정오가 되자 오스퇴르 씨는 다시 남자가 되었다. 집은 중심을 되찾았다. 그가 서 있는 곳이 바로 중심이다. 그가 온실을 방문하거나 정원의 오솔길을 걷거나 과수원을 보러 가면, 집의 중심은 그를 따라 고분고분 이동했다. 온실에서, 오솔길에서, 과수원에서 그는 후하고 공평하게 자신의 심장에서 나온 깊은 박동을 나눠주었다. 그의 주위로, 그의 삶의 끝자리까지 넓은 원들이 그려졌다. 산다는 것, 그건 바로 이런 것이었다.

오스퇴르 부부의 거처에 자리를 잡으면서, 가정교사들은 집이 생겼다는 느낌을 갖게 되었다. 그들이 이 새로운 정원에서 어쩌다 길을 잃으면, 나무 위 혹은 다락에 올라가서 오스퇴르 씨가 피우는 시가의 연기를 찾기만 하면 되었다. 그리고 그 연기가 나뭇잎들 사이로 서서히 피어오르는 것을 보면 그들은 새로운 삶의 미궁 속에서 다시금 방향을 잡을 수 있었다.

그들은 어디에서 왔는가? 그것을 말하기는 어렵다. 그럼에도 불구하고 우리가 추정할 수 있는 것은 그들이 젊은 나이임에도 적어도 한 번 이상의 비극을 겪었다는 것이다. 그런 생각을 가능하게 하는 것이 바로 그들의 기벽이다. 지나치게 기뻐하고, 지나치게 슬퍼하며, 기이하게 열광적이고, 욕망이 지나치고, 침묵이 지나치다. 가정교사들의 과거에 비밀이 있음이 분명하다. 아마 별것 아니겠지만, 어쨌든 지금의 그들을 만든 무언가가 있다. 그들의 중심에 자리 잡은 무언가가 그들의 몸짓과 목소리, 꿈, 손으로 관자놀이를 지그시 누르며 정원을 왔다 갔다 하는 모양새를 만들어내기 시작한 것이다. 심장과 자궁 사이 어딘가에 존재하는 이 비밀스러운 것이 그들에게서 자유의지를 앗아 갔다고 말할 수도 있으리라. 그러나 누군들 자유의지를 갖고 있겠는가? 그들을 보고 있노라면 등에 달린 열쇠를 돌리면 작동을 시작하는 장난감이 떠오른다. 아침이면 가정교사들의 늘씬하고 고상한 등에 달린 열쇠가 돌아간다. 그러면 그들은 밖으로 나가 손뼉을 치고, 굴렁쇠 놀이를 하고, 낯선 남자들을 잡아먹고, 같은 자리를 갈수록 더 빠른 속도로 세 번 돈다. 저녁이면 약간 지치고 좀 더 상냥해져서 집으로 돌아온다. 이때가 되어야 그들에게 말을 걸 수 있고 또 그들이 말을 들을 수 있다. 몇 시간 동안 인형의 기계 장치가 망가진다. 그 시간 동안 그들은 자신들의 게걸스러운 욕구에 대해 아무것도 이해하지 못한다. 그들은 그것을 끔찍하다고, 수치스럽다고 여긴다. 그 시간 동안 그들은 다른 여자가 되는 꿈을 꾸고 그 일이 가능하다고 믿는다. 흥분을 조금 가라앉히고, 밝은색 드레스를 입고, 머리 모양을 바꾸면 될 일 아닌가. 그들은 오스퇴르 부인을 그대로 따라 하리라 다짐한다. 내일 부인을 따라나서 가지가 말끔히 정돈된 장미 나무 길을 따라 걸으며 여자들이 좋아하는 이야깃거리를 꺼내 수다를 떨고 시든 장미 꽃잎을 함께 주울 것이다.

하지만 내일이 되자, 그들은 사악한 눈빛을 반짝이며 침대에서 벌떡 일어나, 붉은색 드레스를 집어들고 창문을 깨고 철문으로 달려 나가 하녀를 때리고, 뛰어서 잔디밭을 가로지른 뒤, 시커먼 나무 뒤에서 낯선 형체를 기다리다가, 그에게 다가가 그를 쫓아서 자신들의 몸을 더럽히고 찢어놓았다.

오스퇴르 씨는 이런 광란의 기행을 모두 지켜보고 있다. 그들과 마찬가지로 그도 자신이 무엇을 하는 건지 알지 못한다. 그러나 그는 모으고, 명령하고, 배분하고, 다시 모은다.

그들은 이따금 떠나는 척을 한다. 그들이 벌이는 일탈에도 불구하고 거의 아폴론적인 엄숙함에 잠겨 있는 집안을 뒤집어놓으려는 심산에서다. 오스퇴르 부인이 눈물을 흘리고 오스퇴르 씨가 완전히 당황한 모습을 볼 수 있는 기회이기도 하다. 그들에게 강렬한 기쁨을 선사하는 일이다.

떠나는 척을 할 때마다 그들이 이 장난을 얼마나 끝까지 밀어붙이는지, 모든 사람이, 심지어 그들조차도 진짜라고 믿을 정도다. 벌써 열 번도 넘게 이 연극을 벌였지만, 그때마다 결과는 그들 모두의 바람을 넘어선다. 완전한 비탄, 눈물, 탄식, 수치스러운 고백, 오싹함, 그리고 과거의 일소.

그들은 일단 어금니를 꽉 깨물며 짐을 싸는 것으로 시작한다. 하녀들에게 소식을 전해 들은 오스퇴르 부인은 떨리는 입 위로 손수건을 꽉 쥐고 급히 계단을 오른다. 가정교사들은 고개를 돌리지 않는다. 오스퇴르 부인은 두 손을 꽉 쥐며 왜 이렇게 갑작스레 떠나는지 소심하게 묻는다. 그들은 부인에게 냉담한 눈길을 던진다. 절망이 선포된다.

여행용 케이프를 두르고 짐 가방을 챙긴 그들이 계단을 내려온다. 여전히 일렬로 줄지어 내려오는 그들의 표정은 단호하다. 오스퇴르 씨가 흡연실에서 나와 이 일을 막아보려고 한다. 그들은 그를 무시하고 현관문에 다다른다. 그가 황급히 현관문으로 와서 그들의 길을 막는다. 그들은 한마디 말 없이 그를 지나쳐 현관 앞 층계로 나선다. 오스퇴르 씨는 급히 계단을 내려와 다시 한번 길을 막아본다. 두 팔을 벌리고 사정한다. 그들은 그냥 가버린다. 그러자 그는 가정교사들을 뒤쫓아 내달리기 시작하지만, 그들은 모욕당한 얼굴을 하고선 하늘로 고개를 치켜든다. 눈동자는 반짝이고 다리는 꼿꼿하며 허리는 활처럼 휘었다. 그들 주위로 깜짝 놀란 남자아이들이 구름 떼처럼 몰려들어 그들을 따른다.

철문이 눈에 들어오자 그들은 걸음을 늦춘다. 오스퇴르 씨는 거의 느껴지지 않게 가슴을 펴고 조심스럽게 안도의 숨을 내쉰다. 가정교사들은 이제 엉덩이를 씰룩대며 수다를 떨고 머리를 헝클어뜨리면서 여봐란듯이 으스대며 걷는다. 그들은 자기들 말로 "잠시 숨을 고르기 위해" 앉는다. 그들이 말을 한 이상 이제는 안심이다. 오스퇴르 씨는 이제 완전히 가슴을 펴고 머리를 정돈한다. 재킷의 옷매무새를 가다듬더니 정원을 쭉 훑어본다. 저쪽에, 창문 커튼 뒤에 오스퇴르 부인이 드디어 자리에 앉았다. 맞은편에 사는 노인은 망원경을 가져다 두고 슬며시 웃으며 두 손을 비빈다.

가정교사들은 아직 포기하지 않았다. 그들은 나른하게 철문까지 걸어가서 머리를 창살 사이로 내민다. 오스퇴르 씨는 눈으로 그들의 아주 작은 움직임까지 좇는다. 그의 주위로 반원을 만든 남자아이들이 가만히 서 있다. 가정교사들은 앞으로 한 발, 그리고 옆으로 한 발을 내딛는다. 그러더니 알 수 없는 결심이 선 듯 뒤로 돌더니 그들을 뒤좇던 무리를 가로질러 성큼성큼 오솔길을 되돌아온다. 이제 위험은 지나갔다. 일주일 동안 가정교사들은 여왕 대접을 받을 것이다. 사소한 요구까지 들어줄 것이다. 그들은 눈짓 하나로 오스퇴르 부인을 그들의 방으로 올려 보낼 것이고, 오스퇴르 씨가 비를 맞아가며 잃어버린 굴렁쇠를 찾아오게 할 것이다. 남자아이들은 그들의 가르침을 가슴 깊이 새길 것이고, 어린 하녀들은 침대 머리맡에 가정교사들의 사진을 꽂아둘 것이다.

그리고 밤이 되어 가정교사들이 정원으로 나갈 때, 창문 뒤에서 그들을 지켜보는 모든 시선과 덤불숲 아래까지 그들을 좇는 망원경의 불빛은 사람들이 그들에게 애착을 느끼고, 그들을 사랑하고, 그들은 이 세상에 혼자가 아니며, 커다란 나무들이 가득한 이 어두컴컴하고 넓은 정원에서, 가장 어두운 숲속 한가운데 있다 하더라도, 그들이 보호받고 있다는 느낌을 그들에게 줄 것이다.

모든 낯선 남자들이 하루 낮 시간 만에 잡아먹히고 끝나는 건 아니다. 가정교사들도 사랑을 느낀다. 시작되면 정점을 지나 피할 수 없이 추락하는 그런 진정한 사랑 말이다. 사랑이 시작되면 그들에게 기쁨이 흘러넘친다. 시간이 흐르면 길고 뾰족한 바늘로 찌르는 듯한 고통이 그들 안에 자리 잡는다. 그들이 이별을 결심할 때, 그것은 사랑이 끝났음을 의미한다.

사랑은 어느 여름날 오후 한 낯선 남자를 먹어치우며 시작된다. 집으로 돌아오는 길에 그들은 다시 그를 찾고 싶어진다. 처음에는 큰 노력 없이 그렇게 할 수 있다. 사랑에 빠져버린 남자가 혼자서 그들의 집으로 가는 길을 금방 발견하기 때문이다. 그는 창문 아래서 어슬렁거리며 오스퇴르 씨의 감시를 방해하고, 담쟁이덩굴의 가지를 타고 올라와 밤늦게 가정교사들의 침실 발코니로 뛰어오른다. 그런 뒤 광란의 파티가 벌어지는데, 그들은 자신들이 주인공이라는 사실을 무슨 일이 있어도 인정하지 않으리라. 하지만 시간이 흐르면서 그들은 욕망의 노예가 되어버리고 만다. 이제 그가 밤에 찾아오는 것만으로는 충분치가 않다. 그들은 낮에도 그를 원한다. 그가 온전히 자신들의 것이기를 원한다. 과거 없이 그를 원한다. 그가 그들을 사랑하는 삶이 아닌 다른 삶은 상상할 수 없다.

바로 이 순간 고통스러운 바늘이 그들의 부드러운 살결 속으로 파고들기 시작한다. 그들은 별로 신경 쓰지 않는다. 게다가 그다지 불쾌하지 않다. 낯선 이는 25센티가 자라고, 머리카락은 짙은 금빛이 되며, 살결은 더 먹음직스러워지고, 목소리는 더 매력적이게 된다. 그의 앞에서 그들은 굴복한다.

사랑에 빠진 가정교사들은 비탈의 풀들을 후려치며 정원과 숲, 들판을 가로질러 다니게 만들던 대담함을 잃는다. 그들은 유순해진다. 달아나고 있다고 생각될 정도로 유순해진다. 오스퇴르 부부 모두 그들을 알아보지 못한다. 낯선 남자는 더욱 그러하다. 그가 사랑한 것은 단호하고 냉정한 가정교사들이었다. 그러나 이제 그들은 잠옷 바람으로 발코니에 서서 한숨을 내쉬거나 달콤한 말들을 속삭이며 그를 맞는다. 그는 그들을 자신이 사랑하던 모습으로 되돌리려 한다. 우위에 서는 걸 싫어하는 그는 그들의 뜨거운 몸 아래로 슬며시 들어간다. 그러나 그들은 어린 고양이처럼 칭얼대고 그에게 몸을 비비고 지배받고 싶어 한다. 그러자 이제껏 그토록 다정했던 남자는 상체를 부풀리더니 나흘 동안 찾아오지 않다가, 두 손을 비비며 다가와 그들의 엉덩이를 꽉 쥔다. 이제 그는 여행을 계속하고 싶어 한다. 그는 그곳에 가정교사들을 우뚝 박아둔다. 그들은 애원하는 일이 부끄럽지 않다. 아니, 사실 수치심을 느끼지만 그래도 애원한다. "당신의 이빨로 우리를 데려가세요. 잔디밭을 따라 머리카락을 잡고 우리를 끌고 가주세요. 하지만 철문까지만요. 그리고 거기서 열어주세요. 세상으로 나가는 철문을 우리에게 열어주세요. 우리를 데려가주세요. 볼 수 있는 것이라곤 하늘뿐인 이 침묵의 새장에서 우리를 꺼내주세요."

이제 그들은 그가 떠나온 고장을 꿈꾼다. 그에게 그곳에 대해 말해달라고 조른다. 그는 딱히 할 말이 없다. "……음…… 그러니까 집 앞에 나무들이 있지…… 뒤쪽으로는 기차역이 있고." 그가 답한다. 그러자 그들은 꿈을 꾸기 시작한다. 계속 꿈을 꾼다. 어느 날 아침 기차역은 아이들 장난감처럼 하얗고 장밋빛이다. 반짝이는 철도, 안나 카레니나를 집어삼킨 기차, 눈이 내리고 역장이 있는 작고 사랑스러운 기차역이다. 저녁이 되면 시커먼 산 앞에 우뚝 솟은 기차역은 곧 무너져 내릴 듯 황폐하다. 열차는 소나무 몸통을 실어 나른다. 다음 날 기차역은 다시 살아난다. 여행객들이 오가는, 도시의 기차역이다. 기차들은 울부짖으며 미친 듯이 서로 마주쳐 달린다. 가정교사들은 겁이 난다. 그들은 손뼉을 친다. 사람들로 가득 찬 급행열차가 울부짖으며 달리면서 일으키는 바람에 치마가 펄럭인다. 역 앞에는 색 바랜 간판을 단 호텔들이 있다. 낡아 빠진 빨간 플러시 천으로 가득한 거실, 가짜 나무로 만든 문, 처량한 세면대. 하지만 이 모든 것은 밖에 있다. 그리고 밖은 그들이 지금 머무는 거처의 춥고 빛나고 이상적인 새장보다 낫다. 그가 자기 집 앞에 있는 나무들에 대해 말할 때, 그들은 자갈을 깐 정원을 만들고 있다. 잡초가 무성하고 나뭇잎과 빛이 만나 어우러지는 곳 아래 반짝이는 길들이 있는 정원을 짓는다.

오, 나갈 수만 있다면! 처음으로 온 이 남자와 함께 떠나, 그를 이용해서 철문을 넘고, 다른 고장으로 그들을 데려갈 수 있는 그를 사랑할 수 있다면. 그곳에서 가정교사들의 관계들은 풀어지고 서서히 느슨해질 것이다. 그래서 언젠가 그들 각자가 자신의 이름으로 살고 말하게 될 것이고, 자신의 이름으로 사랑하게 될 것이다. 세상에 홀로 서 마침내 서로에게서 떨어지게 되리라.

　이네스는 오른쪽 길로, 로라는 왼쪽 길로, 엘레오노르는 가운데 길로 떠날 수 있을 것이다. 이 길들은 결코 다시는 서로 만나지 않으리라. 그들은 반대로 향하며 서로 멀어질 것이고, 각자의 삶을 살게 될 것이다. 하지만 남자는 그들을 데려가지 않는다. 그는 머리채를 잡고 그들을 끌고 가거나, 그들을 앞세워 데려가기를 끈질기게 거부한다. 그리하여 그들은 홀로 남는다. 상상의 집들과 상상의 삶들, 공상의 자식들과 공상의 대화들을 가득 짊어진 채. 그들이 보이지 않는 세계를 옮겨다가 그곳에서 말과 행동, 기억을 끌어다 쓰고 있기 때문에 그들을 만나는 사람들은 그들을 이해하기가 다소 어렵다. 이 세계에서 그들은 톰과 10년을 함께 살았고, 아이 두셋을 낳았으며, 집 한 채를 갖고 있었다. 이 세계에서 그들은 마흔 살, 쉰 살, 아마도 여든 살까지 살았다. 가정교사들 각자는 가볍고 빛이 나는 거대한 가방처럼 부풀어진 꿈의 다발로 이루어졌다. 그리고 다른 부분은 이렇게 요약되리라.

꽤 예쁜 드레스 한두 벌, 발목까지 오는 부츠, 회초리, 본인들의 소유가 아닌 주인들의 집, 그리고 아마도 빗 몇 개. 그들의 일과라면, 남자아이들을 흘끗 바라보기, 미친 여자처럼 정원을 뛰어다니기, 꿩고기 젤리와 지나가던 낯선 남자 몇 명을 먹어치우기, 손뼉 치기인 듯하다. 하지만 대개 그들은 침묵과 무기력 속에 처박혀 있는데, 이건 그다지 좋지 않은 조짐이다.

오래전부터 맞은편에 사는 노인이 망원경으로 그들을 지켜보고 있다. 그는 관찰한 내용을 매일 기록한다. 예를 들면 이런 식이다. "월요일: 빨간 드레스를 입은 가정교사들이 오전 내내 정원 잔디밭에 누워 있음. 정오: 사라짐. 로라의 머리가 침실 창문으로 보임. 엘레오노르의 맨다리가 현관 앞 층계에 나와 있음. 오후: 가정교사들이 숲속으로 들어감. 엘레오노르가 어떤 누워 있는 남자 위에 음란한 자세로─그렇다고 품위가 없지는 않게─앉아 있음. 저녁: 가정교사들이 담배를 피우며 현관 앞 계단에 앉아 있음. 정열이 넘치는 얼굴들. 밤: 내게

저 커튼을 뚫을 수 있는 망원경이 있다면……!"

가정교사들의 삶에 대한 모든 걸 알고 싶다면 그를 찾아가면 된다. 나이가 들고 거동이 불편해지면서 그는 맞은편에 사는 가정교사들을 관찰하는 일에 모든 시간을 쓰기로 결심한 모양이다. 가정교사들도 이 사실을 알고 있으며 그것을 즐긴다. 깊은 밤 정원에 고립되어 있는 그들을 적어도 누군가 봐준다는데, 좋아하지 않을 이유가 무엇이겠는가? 그들은 일종의 위안을 느끼고 있다. 물론 집에 그들만 있는 것은 아니다. 주위에는 오스퇴르 부부, 하녀들, 남자아이들이 있다. 하지만 그들이 사는 모습을 지켜보기에 이 모든 존재들은 충분한 거리두기를 하지 못한다. 그들 삶의 일부인 것이다. 아마도 그래서 그들이 떠나기를 두려워하는 것일 테다. 그들이 철문을 넘는 순간 갑자기 집은 무너지고, 정원은 마치 카펫처럼 돌돌 말리고, 철책은 쓰러질 것만 같다. 그들이 뒤를 돌아보면, 그들의 과거, 지금껏 그들의 삶을 만들어온 이 모든 것이 흔적도 없이 사라져버릴지도 모른다. 그들이 이 집에서 살

수 있는 이유는 그들 모두 각자 은밀하게 그들 현실의 보증인이라는 생각을 지니고 있기 때문이다. 하나가 없어지면, 모든 것은 사라져버리리라…….

이것 또한 노인은 수첩에 적어두었다. 그는 묘사하는 것에 그치지 않는다. 그는 결론을 이끌어내고 가설을 세우고 질문을 던지고 확인을 한다. 그는 단 한 번도 맞은편의 사람들과 진정으로 소통하려 시도한 적이 없다. 그건 관찰에 방해가 될 것이다. 그가 가정교사 한 명의 도움을 받았던 것은, 그들의 목소리를 다시 듣고, 그들의 감미로운 살결의 빛과 부츠의 낮은 굽이 또각거리는 소리를 다시 기억해내기 위해서였다. 다시 생기를 찾은 그는 그들을 자신들의 운명에 맡겨두고 망원경에 눈을 갖다 댄 채 하루 종일 창가에 앉아 있다.

때때로 가정교사들은 그에게 신호를 보낸다. 딱히 우정 어린 신호는 아니다. 로라의 장밋빛 뺨과 오만한 눈빛이 아주 멀리, 그의 망원경 끝에 아주 작게 나타나자, 이 얼굴은 갑자기 건방진 표정으로 그를 쏘아보더니 입을 벌리고는 뱀 같은 혀를 비죽 내민다. 기분이 상해 흥분한 그는 옆으로 얼굴을 돌린다. 그러더니 망원경을 다시 조준한다. 이제 세 명 모두 망원경의 둥근 시야에 나타난다. 그들은 그를 위해 마치 사진을 찍듯 포즈를 취한다. 엘레오노르는 신부 행세를 하며 두 손을 모은 채 황홀경에 빠진 얼굴로 하늘을 올려다본다. 신부 들러리 역을 맡은 로라는 신부의 옷자락을 잡아당긴다. 신랑 역할의 이네스는 정념에 불타는 표정으로 신부를 바라본다. 그는 기뻐하며 망원경을 잠시 내려둔다. 그러고는 다시 망원경을 조준한다. 이제 가정교사들은 모두 발가벗은 채 '미의 세 여신'을 흉내 내고 있다. 엘레오노르와 로라는 머리카락을 들어 올린 채 얼굴을 옆으로 돌리고는 새하얗고 포동포동하게 살찐 엉덩이를 드러낸다. 정면을 향해 선 이네스는 몽상에 잠긴 손으로 겨우 음모를 가린 채 명한 눈으로 먼 곳을 바라본다. 종종 그들은 완전히 외설적인 모습을 보이는데, 그토록 고상한 노인도 기쁨을 감추지 못한다. 등을 돌리고 있던 두 여신은 갑자기 앞으로 몸을 숙이더니 자신들을 바라보는 이를 위해 엉덩이를 벌리고 흔들면서 새하얀 궁둥짝으로 웃는다. 동시에 가운데에 있는 가정교사는 손으로 자신의 가슴을 정열적으로 움켜쥐더니 거뭇한 아랫배를 망원경 쪽으로 내민다. 노인은 땀이 난다. 가정교사들은 놀 만큼 놀았다. 그들은 주섬주섬 옷을 챙기더니 재잘대면서 관찰자에게는 눈길도 주지 않고 재빠르게 현관 앞 층계를 올라 집 안으로 사라져버린다.

오스퇴르 부부 역시 그들의 모습을 보았다. 부인은 커튼 뒤에 숨어서, 남편은 서재 창가에서. 부부는 노인이 느낀 것과 같은 만족을 느끼지 못했다. 그들은 생각에 잠겨 있었다. 오스퇴르 부인은 가정교사들이 왜 이런 행동을 하는지 이해하지 못한다. 그러나 무슨 일이 있어도 이런 장난을 막아야 한다는 것과 이런 일이 반복되어서는 안 된다는 것은 느끼고 있다. 오스퇴르 씨는 그들의 행동을 더 이해하지 못한다. 이 모든 건 그에게 속하지 않은 세계 속에서 일어나는 일들이다. 마치 그가 가정교사들이 꿈꾸는 모습을 보는 것과 다름없었다.

　노인은 망원경을 접었다. 오늘은 이만하면 되었다. 이제 그는 망원경을 내려놓고 편히 쉴 수 있다. 그는 '가장 중요하고 은밀한 것'을 보았다고 생각하면서 행복하고 충만한 기분으로 깊은 잠에 빠져든다. 가정교사들은 이미 자신들의 공연은 잊어버렸다. 그들은 내려올 때와 마찬가지의 순진한 상태로 침실로 올라가면서 이제 당당히 쉴 수 있다고 생각한다. 그들이 침대에서 잠들자, 고요하고 반짝이는 정원 위로 달빛이 비친다. 가정교사들은 꿈을 꾼다. 로라의 꿈에서 커다란 푸른 문이 낯선 시골 풍경을 향해 열린다. 그녀는 벽난로에서 주황색으로 크게 타오르는 불꽃들 사이에서 벌떡 일어나 푸른 문으로 향하더니 시골을 향해 난 문을 연다.

그런데 오늘 아침 그들은 어디에 가는 걸까? 그들은 마치 파티에 가는 것처럼 옷을 차려입었다! 결혼식이 있는 걸까? 아니면 성찬식? 그도 아니면 이웃집에서 파티가 열리는 걸까? 그들은 비단으로 안감을 댄 케이프를 두르고, 가장 윤이 나는 부츠를 신고, 드레스를 입었다. 엘레오노르는 빨간색, 로라는 파란색, 이네스는 초록색 드레스다.

우리는 아직 가정교사들의 아름다움에 대하여 거의 언급하지 않았다. 그들은 거부할 수 없는 매력을 지녔다. 엘레오노르는 가장 고상하다. 고개를 가누는 태도, 윤기 나는 갈색 올림머리, 창백하고 단단한 콧구멍이 돋보이는 고대 그리스풍 옆모습은 마치 앵그르의 그림 속 여인처럼 보인다. 그러더니 이 모든 것이 살아 움직이고 홍조가 돈다. 둥글게 말아 올린 머리는 풀어 헤쳤고 몸은 우아하게 살이 올라 부셰가 그린 뻔뻔스러운 여인처럼 보인다. 엉덩이는 하얗고 위엄 있는 모양새였다가, 또 어떤 때는 여기저기 옴폭 들어간 둥글고 생글거리는 모양새가 된다.

온화하고 다정한 로라는 나른하게 몸을 움직인다. 스페인 여자 느낌이 물씬 나는 이네스로 말할 것 같으면, 식물의 줄기처럼 유연하다. 검은색 눈에 칠흑같이 검은 머리카락은 머리 위에서 매혹적인 곡선을 뽐내며 뱀처럼 똬리를 틀고 있다. 그녀는 확실히 셋 중 가장 활기차다. 그들은 드레스를 갈아입는데, 옷의 색깔에 따라 다양한 여자들이 튀어나온다. 빨간색 드레스를 입은 엘레오노르는 완전히 제 옷을 입은 격이다. 기품 있고 의연한, 우리가 아는 엘레오노르의 모습이다. 파란색 드레스를 입으면 그녀는 훨씬 더 낭만적이다. 파란색 옷을 입은 엘레오노르는 맞은편에 사는 노인에게 결코 엉덩이를 내보이는 일 같은 건 하지 않는다. 파란색 옷을 입으면 그녀는 우리가 첫 페이지에서 본 모습 그대로 생각에 잠긴 채 정원의 오솔길을 오간다. 그럴 때 그녀는 진짜 가정교사이자 준(準)선생님, 혹은 남편을 잃은 여인과 거의 다름없는 모습이다. 초록색 드레스를 입으면 독사 같은 생각이 피어오르기 시작한다. 눈은 사악하게 반짝인다. 초록색 옷을 입은 그녀는 기쁨도 느끼지 않고 정신이 나간 사람처럼 낯선 남자를 먹어치울 수 있다. 혹은 원하는 이에게 매끄러운 엉덩이를 보여줄 수 있다.

빨간색은 발가벗으면 너무나 불타오르는 이네스를 진정시킨다. 그녀보다 온화한 빨강은 그녀의 살결보다 약하게 타오른다. 파란색은 그녀를 잊을 수 없는 존재로 만든다. 파랑은 그녀와 함께 너무나 완벽한 조화를 이루기 때문에 길을 지나던 낯선 남자는 어김없이 그녀에게 완전히 빠져들고 만다.

파란색 옷을 입은 로라는 보이지 않는 존재가 된

다. 초록색 옷을 입으면 경이로워진다. 하지만 빨간색 옷을 입어야 비로소 그녀는 몸을 내맡길 수 있다. 새하얗고 몽상에 잠긴 살결 위에서 빨강은 그녀의 내밀함을 정열적으로 드러낸다. 셋 모두가 노란색 드레스를 입으면 우리는 모든 것을 기대할 수 있다. 노랑은 광란의 색이자 그들을 해방하는 색이다. 노란색 옷을 입으면 그들은 발가벗은 채 몸을 내맡기고 무언가에 홀린 듯한 느낌을 받는다. 그들이 노란색 옷을 입은 모습은 오직 늦은 밤 대문가에서, 혹은 극도의 흥분과 광란에 사로잡힌 날에만 볼 수 있다. 노랑은 그들을 악독하고 잔인하게 만든다. 그런 날이면 그들은 단검을 품고 가슴 사이에 독사를 키우면서 마치 하트의 여왕이 정원사들의 머리를 베듯 정원에 길게 자란 풀들을 베어 버린다. 그날 여러 남자가 그들을 만난 것을 후회했다. 날씬하고 단호한 그들은 남자를 거칠게 다루면서 이빨로 그의 모든 욕구를 베어내버렸다. 그리고 그는 숨을 헐떡이며 들판에 남겨졌다.

하지만 오늘 아침 그들은 마치 제비와 같은 모

습이다. 새끼 원숭이처럼 폴짝폴짝 뛰어 그들을 따라가면서 그들의 머리 위로 우거진 나뭇가지들 사이를 날아다니고 싶다. 그들은 오솔길을 따라 걷는다. 나무들은 더 우뚝 솟고, 길은 더 넓어지고, 땅은 밝아진다. 그들은 지금 결혼식에 간다.

이웃집에 가기 위해 정원 밖으로 나갈 필요는 없다. 잡목들 사이로 난 통로가 바로 이웃의 정원으로 연결된다. 그곳에는 결혼식을 위해 설치된 빨강과 하양의 줄무늬 천막 네 개가 있고 꼭대기에는 깃발이 바람에 휘날리고 있다. 백여 명의 사람들이 잔디밭 위에서 북적댄다. 그중 적어도 부인 두 명은 말 많은 앵무새를 닮았다. 그런데 가정교사들이 무시할 수 없을 만한 경쟁심을 불러일으키는 젊은 여자들도 지나다닌다. 검고 윤기 나는 머릿결을 가진 늘씬한 아가씨들, 요컨대 세상에 자신들뿐이 아닐까 봐 그들을 두렵게 만드는 모든 유의 사람들이다. 그리하여 그들은 말이 없어지고, 조금 경직된다. 그들의 정원에 있는 황홀한 구역에 있을 때보다 훨씬 덜 매력적인 모습이다.

오스퇴르 부부가 눈에 보이기만 한다면 상황은 달라진다. 그들은 빛이 나기 시작한다. 어떤 누구도 그들만큼 두 사람을 만족시킬 수는 없다. 그들은 너무나 손쉽게 부부를 농락할 수 있다. 그들을 낚을 미끼를 던져, 놀라 입을 다물지 못하게 하고, 미끼를 거두면서 숨을 헐떡이며 혀를 내두르게 만들 수 있다. 게다가 이건 모두가 매우 좋아하는 놀이가 되었다. 하지만 이날 이웃의 결혼식에서는 그들뿐이다. 그들에게 오히려 호의를 품고 있는 백여 명의 사람들에게 둘러싸여 있으나, 그들뿐이다. 앞서 오늘 그들은 정말 돋보였다고 말했으나, 이제는 주저 없이 말해야 할 것 같다. 지금 그들은 정말 처참한 꼴이라고.

어색함에 뻣뻣하게 굳은 엘레오노르는 꿰다 놓은 보릿자루처럼 천막 구석에 서 있다. 로라는 진땀이 난다. 그렇게 제비는 말을 더듬는 초라하고 서투른 아가씨가 되었다. 그렇다, 그들은 이 지경까지 이른 것이다. 이네스는 너무나 당당해서 아름다움을 잃지는 않지만 잔디밭 한가운데서 손에 술

잔을 들고 칼날처럼 꼿꼿하고 줄처럼 뻣뻣하게 서 있다. 그녀는 사람들에게 상냥하게 굴고 싶지만 정작 매 같은 눈으로 무리 지어 있는 사람들을 노려볼 뿐이다. 이웃들은 세 사람에게 공손하게 말을 걸고 농담을 던진다. 그들은 가장 간단하고 가장 무해한 단어들을 겨우 찾아내 이웃들에게 답을 한다. 그들의 입에서 나오는 말들, 그들의 입천장에 부딪히는 말들에 그들은 놀란다. 그건 그들이 가질 수 없는 단어들과 억양이다. 그들에게 낯선 이미지들이고 그들의 것이 아닌 말들이다. 그들은 이런 말들이 만들어지려는 때 멈춰보고 바꿔보려 하지만 허사다. 상당한 모욕을 느끼고 무기력해진 그들은 자신들의 추락을 목도한다.

그들은 제비가 아니라 가련한 패배자들이 되어 집으로 돌아온다. 그들은 서로를 바라볼 엄두조차 내지 못한다. 그들은 말없이 침실로 올라간다. 이런 날 저녁, 누가 감히 잔인하게 그들을 따라 올라가겠는가?

남자아이들은 가정교사들의 삶에서 꽤 중요한 부분을 차지하고 있다. 가정교사들은 어쨌든 아이들을 돌보고 그들에게 여러 개념들을 철저히 가르치기 위해 고용된 사람들 아닌가. 그들은 선생님 놀이를 하는 것을 무척 즐긴다. 아이들이 종소리에 맞춰 두 명씩 줄을 서는 모습을 지켜보거나, 아이들을 데리고 산책을 나가거나, 밤과 플라타너스 나뭇잎을 모아 오게 시켜서 수집품을 채우는 것을 좋아한다.

숲으로 산책을 나갈 때면 아이들은 길을 잃기를 바라면서 가정교사들을 큰 나무들 아래 풀밭에서 덤불숲으로, 초원에서 늪지로 데리고 다닌다. 아이들은 겁을 먹고 싶어 안달이다. 그리고 아마도 가정교사들을 구하고 싶어 하는 듯하다. 처음에는 식물 표본을 위해 나뭇잎들을 채집한다. 작고 둥글고 부드러운 포플러 나뭇잎, 면병(麵餠)처럼 가볍고 어디에나 있는 플라타너스 나뭇잎, 그리고 선사시대 물고기처럼 뼈대만 남을 때까지 속을 파내고 마는 부드러운 깃털 같은 마로니에 나뭇잎들을.

돌멩이와 나뭇잎 그리고 벌써 고개를 숙인 꽃들을 가득 챙긴 그들은 초원에 자리 잡고 앉아 점심을 먹는다. 보통 가정교사들은 하품을 하며 긴장을 푼다. 그리고 부츠 끈을 풀어버린다. 어떤 때는 심지어 옷을 벗어버린다. 깜짝 놀라 돌처럼 굳어버린 남자아이들은 조용히 그들의 모습을 지켜본다. 이제 그들은 평생 동안 푸른 초원에서 발가벗고 있는 가정교사들만을 사랑하게 되리라. 풀밭에 누운 그들의 긴 허벅지, 옅은 노란색 나비들이 내려앉는 반짝이는 음모, 부드럽고 꿈을 꾸는 듯한 가슴을.

아이들 몇 명이 스케치를 시작한다. 가정교사들

이 그려도 된다고 허락했다. 스케치 아래 그들은 대문자로 '미의 세 여신'이라 적는다. 가장 나이가 많은 아이들이 다가오더니 조심스럽게 손을 내민다. 아이들은 가슴을 감싸 쥐고, 윤곽을 따라 허벅지를 만지고, 음모를 살짝 건드릴 수 있다. 그 이상은 안 된다. 이제는 춤을 출 시간이다. 아이들은 이 시간을 가장 좋아한다. 가정교사들이 자리에서 일어난다. 그러더니 셋 모두 알몸으로 초원 위에서 탬버린과 피리 소리에 맞춰 춤을 춘다. 박자에 맞춰 길쭉한 한쪽 다리, 한쪽 팔, 다른 쪽 다리, 다른 쪽 팔을 차례로 들어 올린다. 가장 나이가 많은 아이들은 풀밭에 누워서 왕처럼 행복해하며 그 모습을 바라본다. 춤은 오랫동안 계속된다. 아이들은 식물 표본과 밤, 따가운 밤송이, 블루벨, 메꽃을 잊어버렸다. 그들은 불을 피우고 박수를 친다. 마치 동화 속 한 장면 같다. 그때 동물들이 숲의 언저리에 나타났기 때문이다. 동물들의 어두운 형태가 나무 뒤에서 움직이는 것이 보이고, 조심스럽게 발을 구르는 소리가 작게 들려온다. 수많은 눈이 초원에서 춤을 추고 있는 가정교사들에게 고정되어 있다. 그들은 밝으면서 어둡고, 검으면서 붉다. 그들 옆에서는 탬버린의 박자에 맞춰 튀어 오르는 불꽃이 널름댄다.

그러다가 갑자기 그들은 더는 춤을 출 수가 없다. 얼어붙게 만드는 밤의 추위를 느낀 그들은 춤을 중단하고 옷을 입는다. 이제 돌아갈 시간이다. 가정교사와 아이들은 말없이 한데 모여 아까 올 때보다 더 조화로운 걸음으로 함께 숲속을 걷는다. 이제는 춥지 않고 가방도 무겁지 않다. 그들이 비밀을 공유한 참이기 때문이다. 그 비밀은 겨울의 지루한 시간들을 달래줄 것이고, 시커멓고 메마른 커다란 나무에 활력을 돌게 하는 신선한 수액을 주입해줄 것이고, 얼음 아래로 열정적인 봄기운을 집어넣어줄 것이다. 이제부터 남자아이들은 삶이란 바로 여기에서 북을 치고 있다는 사실과, 그것을 느끼고 자신의 당연한 몫을 요구하기 위해서는 땅바닥에 귀를 갖다 대기만 하면 된다는 사실을 알게 되리라.

얼마 전부터 오스퇴르 부인은 가정교사들을 결혼시킬 궁리를 하고 있다. 새로운 생각은 아니다. 그녀는 이미 몇 번이나 남편에게 이 계획에 대해 말했고, 거실에서 몇 시간 동안 대화를 나눴었다.

오스퇴르 씨도 이 계획에 반대하지 않으며 그것이 합리적이라고 생각한다. 그러나 솔직히 그가 진심으로 이 일을 위해 노력했다고는 말할 수 없다. 오스퇴르 부인이 끊임없이 재잘대는 동안 오스퇴르 씨는 성의 없이 고개를 끄덕인다. 그리고 마침 그 순간 가정교사들이 창문 뒤로 지나가며 쑥덕인다. "저것 봐, 지금 우리 결혼 이야기 중이네." 가정교사들은 아랑곳 않고 개양귀비의 가늘고 솜털이 덮인 줄기를 계속해서 멍하니 물어뜯는다. 어떤 일이 꾸며질 때마다 늘 그러듯, 그들은 이렇게 할 일 없이 빈둥댄다. 그들이 자갈 위에서 걷는 소리가 들리자, 오스퇴르 부인은 목소리를 낮추고, 오스퇴르 씨는 약간 난처해한다. "급할 거 없어, 아무것도 급할 게 없다고……." 그는 대화를 마무리 지으며 이렇게 말한다. 하지만 오스퇴르 부인은 절대 물러서지 않는다.

부인은 침실로 올라가 수첩을 꺼내고 연필을 집더니 구혼자 명단을 작성하기 시작한다. 이 남자는 평판이 나쁘긴 한데 가정교사들도 요즘 사람들 입에 오르내리기 시작했지. 누가 봐도 셋 중 마음이 가장 불타오르는 엘레오노르가 이 남자에게 적당할까? 로라도 별반 다를 게 없긴 하지만……. 로라에게는 이 이웃 남자가 안성맞춤일 듯하다. 다만 로라가 아주 조금만 더…… 정숙해야 할 것이다. 너무 튀지 말아야 한다는 뜻이다. 로라가 중간에 아무 이유 없이 갑작스레 자리를 뜨지 않고, 단 한

번만 낯선 남자와 제대로 대화를 나누어주기만 한다면 완벽할 것이다. 이네스의 경우에는, 조금 누그러뜨려야 한다. 저녁녘에, 그러니까 이네스가 숲속을 실컷 오랫동안 달리고 난 뒤에 구혼자 몇 명을 만나게 하는 건 어떨까? 피로가 그녀의 눈을 가리고 입을 부드럽게 해서 완전히 매력적으로 만들어줄 것이다. 이런 식으로 가정교사들을 꼼짝 못하게 만들고, 머리를 정돈하고, 표정을 고치고, 몸을 바꾸고, 그들을 자제시키고 유순하게 만들어서, 오스퇴르 부인은 그들을 행복하게 만들어줄 수 있으리라는 희망을 버리지 않는다. 아주 조금만 노력하면 될 뿐이야, 그녀는 생각하며 수첩을 덮는다.

가정교사들은 줄지어 오는 구혼자들을 만나는 일이 무척 즐겁다. 그들은 아양을 떨면서 아주 성공적으로 수줍은 아가씨 놀이를 해낸다. 오스퇴르씨는 흡연실 문기둥 뒤에 몸을 숨기고 이 만남들을 지켜보면서, 가정교사들이 구혼자를 막대기로 때리면 숨이 넘어가게 웃고 그 남자가 희망에 가득 차서 들어왔다가 완전히 시달려서 나가면 두 손을 비비며 만족해한다. 구혼자들과의 만남에서 가정교사들이 기괴한 연극을 벌이고 있다는 사실을 말해야겠다. 그러나 세상과는 동떨어진 이 집에서, 이 정원 안에서는 어떤 일도 놀랍지 않다.

가정교사들은 하녀들이 현관 중앙에 가져다 둔 세 개의 빨간색 의자에 앉는다. 엘레오노르가 가운데에서 중심을 잡고, 이네스는 엘레오노르의 오른쪽에, 로라는 왼쪽에 앉는다. 그들은 이날을 위해 가장 아름다운 옷과 장신구로 치장했다. 엘레오노르는 검은색 벨벳 롱드레스를 입었다. 몸에 딱 맞고 가슴이 깊이 파인 옷이다. 새하얀 비단옷을 입고 가슴 아래 은빛 새틴 리본을 묶은 로라의 모습은 아르테미스를 떠오르게 한다. 반짝이는 자그마한 초승달 장식이 ─ 오스퇴르 부인에게 빌린 것이다 ─ 둥글게 말린 머릿결 위에서 빛난다. 에메랄드빛 드레스를 입은 이네스는 손에 보석 반지를 끼고 발에는 하녀 한 명에게 빌린 금빛 샌들을 신었다.

이 의식이 거행되는 동안 오스퇴르 씨만 숨어서 지켜보는 것이 아니다. 우리의 짐작대로 어린 하녀

들도 거실 문 뒤에 그리고 현관을 둘러싸고 있는
원형 회랑의 그늘진 곳에 모여 있다. 남자아이들도
목을 길게 빼고 있다. 노인도 이 축제에 함께하도
록 현관 앞 층계로 난 문도 활짝 열어둘 것이다. 그
리하여 노인은 망원경의 초점을 정확히 맞춰서 가
장 은밀한 곳까지 꿰뚫어 볼 수 있으리라. 오스퇴
르 부인은 주선자의 역할을 한다. 이날을 위해 그
녀는 중요한 날에만 꺼내 입는 회색 드레스를 차려
입고, 벨트에 동백꽃을 꽂고, 오른쪽 가슴 위에는
결혼할 때 마련한 브로치를 달았다.

　5시가 되자 구혼자들이 온다. 오스퇴르 부인은
문가에서 우아하게 그들을 맞이한다. 그러고는 경
쾌하게 엉덩이를 흔들면서—그녀에게서 결코 기
대할 수 없던 모습이다—그들을 가정교사들의 발
치까지 앞장서 데려간다. 가정교사들은 자리에서
일어나지 않는다. 구혼자는 선 채로 가정교사들에
대한 칭찬을 늘어놓기 시작한다. 오스퇴르 부인은
사려 깊게 조금 뒤로 물러서면서 온화한 미소로 그
를 격려한다. 하녀들은 배를 잡고 웃는다. 집 안 깊

숙한 곳 방문이 살짝 열린 틈으로 오스퇴르 씨가 피우는 시가의 연기가 피어오른다.

구혼자가 말을 하는 동안 가정교사들은 이따금 매우 심각한 표정으로 자신들 중 한 명을 노리고 있는 남자의 허리띠 아래 부분을 뚫어지게 바라본다. 하품을 하고, 드레스의 어깨끈을 고쳐 매고, 치마 주름을 바로잡고, 오스퇴르 부인을 보며 살짝 웃기도 한다. 어쨌든 그들이 대리석은 아니기에 이따금 그의 말을 경청하고 감동하기도 한다. 이럴 때 구혼자는 용기를 얻는다.

이 모든 가식적인 연극이 지겨워지자 가정교사들은 왕좌에서 내려온다. 현관문이 온 집 안에 울려 퍼지는 소리를 내며 쾅 하고 닫힌다. 이제 다시 그들끼리 남았다. 그들은 헤어지는 척을 하며 공포스러운 상황을 연출해서 서로의 마음에 상처를 내봤다. 하지만 이 모든 건 그들의 관계가 얼마나 단단한지, 그리고 그걸 끊어버린다면 얼마나 큰 상처가 생길지를 더 잘 느껴보기 위한 것이었다.

정확히 말해 서로 헤어지지 못한 건 실패가 아니

다. 왜 서로를 떠난단 말인가? 살아보려고? 그렇다면 어떤 집에서? 이 집보다 더 생기 넘치는 집 말인가? 하지만 그곳에서도 누군가는 오스퇴르 씨의 역할을 할 것이고, 다른 이도 마찬가지다. 노인의 역할도, 낯선 남자들의 역할도, 구혼자들의 역할도 마찬가지다……. 어디를 가든 똑같은 철문이, 똑같은 정원이, 똑같은 세계가 똑같은 실들로 짜여 있을 것이다. 그리고 잊지 못할, 그럼에도 불구하고 잊힌 장면들과 함께, 어떤 얼굴을 비밀의 방에, 또 다른 얼굴을 그다음 방에 이어주리라.

어느 날 아침, 로라는 아기를 낳았다. 사실 깜짝 놀랄 일은 아니었다. 사람들은 그녀의 드레스 아래에서 둥그렇게 불러오는 배를 관심 있게 지켜보면서 아홉 달 전부터 출산을 기다리고 있었다. 그녀는 마치 달처럼 이 집 안에서는 아직 경험하기 어려웠던 평화로움을 주변으로 발산했다.

임신을 한 로라는 마치 물 위에 떠다니는 고무 인형처럼 고개를 살짝 흔들면서 현관 앞 계단을 내려오곤 했다. 그녀가 보리수나무 그늘 아래 앉으면 주변 사람들은 마치 예수의 탄생을 준비하듯 분주히 움직였다. 엘레오노르는 그녀에게 숄을 가져다

주었고, 이네스는 낮은 의자를, 아이들은 꽃을 가져다주었다. 로라는 이 모든 성의를 매우 우아한 태도로 받았다. 사람들이 이토록 그녀를 성심껏 챙긴 적은 한 번도 없었다. 그녀는 미소를 지으며 고개를 숙였고, 그러면서도 배 속에서 자라고 있는 어린 생명을 온전히 지키기 위해 숨을 참았다. 걸을 때는 마치 어둠 속으로 커다란 램프를 가져가듯 환희에 가득 차 새하얀 두 손을 둥근 배에 얹었다. 오스퇴르 씨는 이 사건으로 상당히 혼란스러운 상태였다. 오스퇴르 부인은 미리 이 사실을 자신에게 알리지 않은 것에 대해 조금 마음이 상했다. 도대체 누가 로라에게 씨를 뿌렸던 말인가? 신만이 아실 것이다. 무모한 구혼자? 낯선 남자? 스포이트에 불어 넣듯 망원경에 숨을 불어 넣는 맞은편의 노인? 남자아이들 중 가장 나이가 많은 아이? 애석하게도 단서가 수도 없이 많다. 그리고 오스퇴르 부인이 하녀들에게 맡긴 조사는 아무런 결론을 가져다주지 못했다. 로라는 누군가 자신을 임신시켰다는 사실을 부정했다. 어느 날 아침 깨어보니 임신을 했다는 사실을 깨달았을 뿐이라는 것이다.

로라의 앞에서 남자의 이름을 꺼내기만 해도 그
녀는 언짢아하며 고개를 돌려버렸다. 그리하여 오
스퇴르 씨는 모두에게 더는 그녀에게 질문을 던지
지 말 것을 요구했다. 로라는 어머니가 될 것이고,
아이는 교육을 받게 될 것이다. 언젠가 그 아이도
남자아이들의 무리에 함께하게 되리라. 더 이상의
말은 필요 없다.

그리고 그 일이 진짜로 일어났다. 난산 끝에 로
라는 2.7킬로그램의 남자 아기를 품에 안았다. 활
력이 넘치고 토실토실하게 살이 오른 아기였다. 그
녀는 감동을 받았다. 단 한 번도 자신이 이렇게 눈
부신 일을 할 수 있으리라고 생각해본 적이 없었
다. 신중한 편이던 로라는 셋 중 늘 마지막으로 철
문으로 뛰어가서 낯선 남자에게 말을 걸었었다. 그
리고 스스로 오스퇴르 씨의 평가와 애정에 있어 꼴
찌라고 생각해왔었다.

그런데 낙오자이자, 자신의 꿈속에 완전히 파묻
혀 흐릿한 존재였던 그녀가 이런 눈부신 업적을 이

뤄낸 것이다. 스스로도 어찌 된 일인지를 모르는 상태로, 아기를 낳아본 적 없는 두 자매들을 저 멀리 뒤에 두고 말이다.

갑자기 전면에 나서게 된다는 건 참 이상한 일이었다. 사람들이 관심을 쏟고 질문을 던지는 존재가 된다는 것 말이다. 그녀가 이 아이를 낳은 건 오직 집안에서 자신의 위치를 바꾸기 위해서가 아니었을까?

사람들은 그녀를 가정교사의 방이 아닌 산모들을 위한 방에서 지내게 했다. 집의 중앙에 위치한, 가장 넓고 가장 아름답게 장식된 침실이었다. 새하얀 누비로 뒤덮인 커다란 침대 위, 레이스 베개에 푹 파묻힌 로라는 석조 발코니를 향해 난 두 개의 창문에 새롭게 달린 높은 커튼을 유심히 바라보았다. 크림색 비단을 바른 벽과 마루를 거의 뒤덮은 짙은 색 카펫은 마치 그녀가 보석이 되어 보석함 안에 누워 있다는 느낌을 주었다. 가정교사 방에서는 장화 굽이 딱딱거리는 소리, 엘레오노르가 신음하는 소리, 이네스가 오래된 분홍색 욕조 안에

서 콧노래를 부르는 소리가 들렸었는데, 이 방에서
는 집 안에서 나는 소리가 거의 들리지 않았다. 이
방에 있으면 그 누구도 방문을 활짝 열고 들어오지
않았다. 하녀들이 문을 두드릴 때조차도, 가늘고 긴
손톱으로 경쾌하게 나무 문에 대고 손을 튀겼다.

　사람들이 이렇게 떠받들어주는 건 로라에게 태
어나서 처음이었다. 그리고 그녀에게 이 일은 그다
지 어렵게 느껴지지 않았다. 가정교사가 되는 것
보다 훨씬 덜 어려웠다. 가정교사일 때는 끊임없이
무언가가 결핍되었고 그것이 정확히 무엇인지 알
지 못했으며 사실 그건 자기 자신이라는 생각이 들
었다. 그녀는 마치 유년 시절을 떠올리듯 철문으
로 뛰어가던 일, 숲으로의 나들이, 고함, 눈물, 날카
로운 기쁨들을 추억했다. 어쩌면 그런 일들이 있긴
했으나 너무나 오래된 일이거나, 아니면 다른 생,
아마도 다른 이의 생에서 있었던 일이었는지도 모
른다……. 그녀는 이제 떠날 생각을 아예 접게 되
었다. 사건은 더는 밖에 있지 않았다. 그것은 바로
여기, 정원 안, 집의 중앙에 있었다. 살기 위해서는

이제 듣기만 하면 되는 것이다. 이따금 그녀는 맞은편에 사는 노인이 자신의 일을 계속할 수 있도록 커튼을 열었다. 하지만 이제 노인과 장난치는 일은 그만두었다. 주변 공기가 진동하는 것을 느끼기 위해 거짓 표정을 짓거나 도발적인 포즈를 취하는 일을 더는 하지 않게 되었다. 그녀는 침대로 돌아와 시트 속으로 슬그머니 들어간다. 노인이 이제 볼 수 있게 된 것은 그녀가 꿈을 꾸는 모습이다.

하나를 잃었군, 노인은 망원경을 접으며 생각했다. 그녀는 이제 분주히 돌아다니지도 않을 것이고, 예측 불가능하지도 않을 것이다. 이제는 그녀의 드레스나 머리 모양, 이리저리 쏘다니는 방식을 보고 아무것도 알아낼 수 없으리라. 그녀를 제대로 이해하려면 이제 그는 훨씬 더 멀리, 그녀의 감미로운 살결 너머까지 들여다봐야 할 것이다. 침대에 몸을 뻗고 누워, 곁에는 큰 책을 두고 시트 위에는 카드놀이를 펼쳐둔 채, 눈을 감아야 하리라.

그는 이 일이 조금 걱정되었다. 만약 다른 두 명마저 결혼을 해서 집을 떠나거나 로라처럼 아이를 낳게 된다면, 그는, 그의 관찰은 어떻게 될 것인가? 그에게 이토록 많은 기쁨과 희망을 선사하고 나서 언젠가 그를 그곳에 멀뚱히 세워두고 얼어붙은 광활한 정원만을 관찰하게 만들까? 물론 그에게도 다른 소일거리가 있기는 하다. 커다란 책도 탐독해야 하고, 하늘과 나무를 보며 유유히 흘러가는 계절도 지켜봐야 하고, 카드놀이도 해야 하고, 아마 몇몇 이들이 찾아오기도 할 것이다. 하지만 그가 그토록 사랑했던 얼굴들, 표정들, 가정교사 한 명이 뛰어서 정원을 가로지른 뒤 갑자기 정원이 모습을 바꿀 때 보이던 분주한 움직임들. 이 모든 것들이 얼마나 그리울 것인가……. 그는 가정교사들의 마지막 모습을 보고 나면 망원경을 부숴버리리라고 다짐했다. 그는 커튼을 닫을 것이다. 심지어 떠나버릴지도 모른다. 그는 다른 도시, 다른 나라에 가서 살게 될 것이다. 그곳에서 그는 새로운 삶을 살리라. 다른 삶을. 망원경도, 창문 뒤에 관측소도 없는 삶 말이다. 검은색을 진하게 하거나 밝게 하고, 흰색에 분홍색이나 갈색을 더하고, 색과 형태를 갖고 노는 암실도 없는 삶을 살 것이다.

아니다. 다른 삶에서, 그는 살아갈 것이다. 아마 연분홍이나 연노랑 드레스를 입은 다른 여자들을 만나게 되리라. 그리고 그들이 달려가거나 이리저리 분주히 움직이는 모습을 지켜보는 것이 아니라, 그들의 입술 위에서 신비스러운 말들을 읽어내는 것이 아니라, 그들을 진심으로 사랑하게 되리라. 그는 그들이 머무는 정원으로, 그들이 거니는 테라스로, 그들이 사는 집으로 내려갈 것이다. 그리고 대화를 시작해볼 것이다. 그들의 매듭을, 리본을, 진주 단추를 풀어 헤칠 것이다. 수수께끼 같은 긴 머릿결 속으로 손을 살짝 넣고, 입술을 만지고, 그 안으로 손가락을 집어넣으리라.

그런데 이 여인들은 세 명이 함께 있는 모습밖에 상상이 되지 않는다. 이건 순전히 가정교사들 탓이다. 그는 세 여자들을 녹여내 한 명으로 만들어본다. 그녀는 새하얗다. 날씬하고 연약하며 생기 없고 갈대처럼 꼿꼿하다. 하지만 그녀는 심기가 불편하기도 하다. 그는 자신의 손으로, 입술로, 성기로 그 심기를 탐색하러 간다. 바로 그곳에, 허벅지가 서로 만나는 곳에, 여름날 뜨거운 볏짚 같은 수북한 털 아래에 그들이 있기 때문이다. 그의 손가락은 축축한 동굴 속으로 미끄러져 들어가 부드럽고 볼록 나온 배로 올라간다. 그곳엔 금빛 솜털이 빛난다. 그러고는 곱고 새하얀 가슴을 향해 계속 올라간다. 젖꼭지는 마치 그의 기대에 대한 대답 같다. 그다음엔 수북한 머리카락 아래 가녀리고 섬세한 목이 있다. 그 뒤엔 눈, 입맞춤을 할 수 있는, 달걀 껍질처럼 연약한 눈꺼풀, 그리고 엄청난 대담함과 수많은 꿈들을 감추고 있지만 남자들 앞에서는 너무나 고요한 이마가 있다.

아, 그렇다. 그는 마침내 제대로 된 삶을 사는 자신의 모습을 보게 되는 것이다. 그는 도저히 그녀를 바라보지 않을 수가 없지만 그녀 또한 그를 바라본다. 그녀는 그에게 "내 사랑"이라 부르거나 이와 비슷한 말들을 건넬 것이다. 두 사람은 여행을 떠나거나 함께 집에 머물리라. 어느 쪽이든 상관없다. 그녀는 거기 있을 것이고, 그는 그녀를 만질 수 있을 뿐만 아니라 그녀에게 말을 걸 수 있게 될 것이다. 그는 어떻게 그토록 오랜 세월을 오직 보고 듣기만 하며 보낼 수 있었는지 이해가 되지 않을 것이다.

물론 자신의 어두컴컴한 방 안에서 느끼는 낙도 있었다. 유니콘과 나뭇잎 무늬로 장식된 어둡고 후덥지근한 방 안의 침대에 누워 있거나, 망원경을 꺼내 정원과 집을 샅샅이 탐색하는 일은 정말 즐거운 일이었다. 얼마나 멋진 일과인가. 게다가 삶과 거리를 유지하는 렌즈 속 둥근 세상에서는 거추장스러운 일도 당황스러운 일도 거의 일어나지 않았다. 그는 관찰하고, 커다란 책에 적고, 관찰하고, 다시 적어 내려갔다. 이따금 여자 한 명이 방문해서 시트를 새것으로 바꿔주고, 베개를 털고, 노르스름하게 잘 익은 통닭과 사과 몇 알을 가져다주었다. 그러고는 사라져버렸다.

나가고 싶었느냐고? 오, 전혀 그렇지 않다. 그는 한 번도 그런 욕망을 가져본 적이 없다. 그는 자신의 임무가 방해받는 것을 원치 않았다. 그 임무만이 자신을 기쁘게 했으며, 본인도 그 사실을 잘 알고 있었기 때문이다. 나이를 먹기 전에 그는 온갖 종류의 일을 시도해보았다. 그는 밖으로 나가서 길을 보고 도시를 보았다. 그도 친구들이 있었다. 하지만 단 한 번도 좋은 여행객도, 좋은 친구도 되어본 적이 없었다. 여행을 떠날 때면 목이 빠져라 집에 돌아가길 기다렸고, 친구들과 밤에 놀러 나가면 얼른 헤어지고 싶어 안달이 났다. 외출을 해야만 했을 때는, 꿈을 꾸고 있다가 그 꿈을 방해받으면서 추위 속에서 억지로 일어나는 사람 같았다. 그런데 도대체 어디로 가려고? 그는 아무것도 모른다. 그는 명령에 따라 급하게 일어나 정신없이 옷을 입고 가이드를 따라 계단으로, 길로 나가서 생기가 넘치고 빛이 가득한 도시로 이끌려 간다. 이 모든 빛과 소리 때문에 그는 눈이 아프고 귀가 멍멍해진다. 그는 악수를 나누고 말을 하고 포도주를 마시는데, 여전히 자신에게 무슨 일이 일어나고 있는 건지 이해하지 못한다. 사람들은 그를 열렬히

환영하고, 그는 자신이 친구들을 좋아한다고 확신하면서, 왜 이 친구들과 더 자주 놀러 나가지 않았는지 잠시 의아하게 생각한다.

얼마 뒤 가이드가 땀에 흠뻑 젖은 채 흥분한 그를 집으로 다시 데려온다. 그의 머릿속에서는 모든 것이 뒤엉킨다. 그와 마주쳤던 행인들, 그 부인의 빨간 모자, 그 부인이 했던 말, 그 남자가 멜빵을 팅기던 방식, 그가 깨뜨린 샴페인 잔, 그를 싫어하는 것처럼 보였던 또 다른 여자, 그리고 소음들. 그에게는 너무 지나친 것이다. 너무 많은 이미지와 소리가 가득 찬 혼란 속에서 그는 마치 끔찍한 사고를 당한 것만 같았다. 그날 저녁의 파티에서 그는 꼿꼿이 버티기 위해 의지했던 한 가지만을 기억했다. 근처의 종탑에서 울리던 종소리였다. 그 소리를 듣자 그는 가정교사들을 떠올렸다.

그들에게서 멀어지면 멀어질수록 한시라도 더 빨리 그들이 보고 싶어 견딜 수가 없었다. 그가 자리를 비운 동안 그들이 한 모든 일을 잃어버렸다. 영원히 잃어버린 것이다. 하지만 그는 새로운 힘을 얻어 돌아왔다. 그들이 너무나 그리웠던 나머지 그는 전보다 훨씬 높은 강도로 그들을 관찰할 수 있게 된 것이다. 나이가 든 다음부터는 밤에만 홀로 나갔다. 가정교사들이 잠들었고 미동도 없는 시골 풍경이 그들의 꿈을 방해할 위험이 없을 때만 나갔다. 그는 낡고 두꺼운 외투를 뒤집어쓰고 목에는 스카프를 두르고 두 손을 주머니에 찔러 넣은 채 모자를 쓰지 않고 집 밖으로 나가 달빛에 젖은 거리를 걸었다.

머리 위로 선선한 밤공기를 느끼는 것은 얼마나 감미로운 일이었는가……. 그는 외투의 옷깃을 세우고 자신의 발소리에 방해받지 않도록 아스팔트 위를 사뿐히 걸었다.

가끔은 혼자가 아닌 날도 있었다. 어느 밤, 그가 길을 걷고 있는데 사람의 형체가 나란히 난 옆길로 슬그머니 들어왔다. 빽빽이 솟은 나무들 뒤에 가려진 그들은 노인의 눈에는 보이지 않았다. 하지만 그는 나이에도 불구하고 섬세한 귀를 갖고 있었다. 그리하여 재잘대는 소리, 웃음을 참는 소리, 급하게 걷는 소리, 비단옷이 스치는 소리가 들려오기 시작하자 미친 사람처럼 심장이 마구 뛰는 것을 느꼈다.

가정교사들이라고 그는 확신했다. 그들은 어둠 속에서 그를 농락하고 있었고, 그리고 어쩌면 그와 함께 장난을 치고 싶어 하는지도 몰랐다. 그들은 무엇을 기대하던 걸까? 그는 그들을 사라지게 할까 봐 너무나 두려웠다. 발걸음을 재촉해야 할까? 아니면 그들을 못 본 것처럼 계속 그대로 걸어가야 할까? 돌진해서 그들을 덮쳐야 할까? 그들 마음대로 하길 기다리면서 그들이 모든 것을 결정하게 놔둘까? 나뭇잎이 바스락거리는 소리를 들으며 달빛에 물든 회색빛 거리를 걸어가는 그의 심장은 터질 듯이 뛰고 있었다. 그리고 자신의 모습을 드러내길 원하지 않은 채 그의 곁을 따라 걷는 형체들의 소리는 더 부드럽고 더 가까워졌다.

잠시 뒤 더는 아무 소리도 들려오지 않자 그는 두려워졌다. 그들이 가버린 것일까? 그를 홀로 남겨두고 숲속으로 돌아가버린 걸까? 아침에 잔디밭에 다시 나타날 때까지? 그런데 그가 고개를 들어 위를 올려다보자 갑자기 그들의 모습이 보였다. 그들은 마치 어린 사슴처럼 껑충 뛰어올라 한 명씩 차례로 길을 넘더니 그의 앞으로 백여 미터쯤 뛰어가버렸다. 길 위로 날아올랐다가 몸을 접으며 땅에 닿자 그들의 긴 치맛자락은 날개처럼 휘날렸다.

그러자 그는 그들을 붙잡기 위해 달리기 시작했다. 하지만 그들이 날아올랐다가 땅에 닿았던 지점에 이르자 그들은 숲속으로 사라져버렸다. 그들이 뛰어오를 때 떨어진 나뭇잎들과 언덕의 부드러운 풀밭에 난 구두 굽의 흔적만이 남아 있을 뿐이었다.

이날 밤 이후로 당연히 그는 같은 시간에 같은 길로 더 자주 나가게 되었다. 그는 귀를 쫑긋 세웠다. 슬그머니 움직이는 소리가 들렸지만 그건 그곳을 지나던 동물이었다. 웃음소리가 들렸지만 그건 물소리거나 아직 잠들지 않은 비둘기들이었다. 그는 눈앞의 길을 유심히 살펴보았다. 형체들이 나타나기는 했지만 그들이 뛰어오르거나 치맛자락을 펼치며 날아오르는 일은 한 번도 일어나지 않았다. 그는 녹초가 되어 밤 외출에서 돌아왔고, 외출의 간격이 점점 벌어지더니 아예 그만두게 되었다. 아침이 되자 푸른 잔디밭 위에서 하얀 드레스를 입은 가정교사들을 보게 되는 일이 거의 기적처럼 느껴졌다. 감탄한 그는 그들을 눈으로 좇으면서 그들의 밝고 생기 넘치는 형태에 밤의 어두운 색채를 덧입히고, 그때부터 그들의 윤곽과 실루엣을 고치면서 나아갔다.

아이는 자라났다. 사람들이 아이를 위해 수도 없이 만들어준 목도리며 조끼며 양말이 차고 넘쳤다. 그런데도 새하얀 거실에 앉아 곁에 반짇고리를 끼고 있는 오스퇴르 부인부터 현관 아래에서 짙은 빨간색이나 하늘색 실뭉치를 감는 하녀들까지, 집안의 모든 여자들이 이 일에 매달렸다. 집 안을 돌아다니다 보면 오스퇴르 씨는 사람들이 둥지를 짓고 있다는 느낌을 받았다. 사방이 털실이었다. 카펫 위에도, 대리석 위에도 털실이 앉아 있고, 목재에도 걸려 있고, 계단 난간의 창살에도 굴러다녔다. 곳곳에서 여자들은 그가 지나가도 고개조차 들지 않은 채 정신없이 뜨개질을 하고 있었다.

이건 조금 성가신 일이었다. 아기 옷들이 화장대와 서랍장 위에 쌓여갔다. 심지어는 아무 상관도 없는 그의 책상 위에서 빨간색 유아용 덧신 한 켤레를 발견한 적도 있었다. 그는 화가 났고 어느 정도의 질서를 요구했다. 심지어 그는 '품위'라는 단어를 사용했다. 하지만 여자들은 그의 말에 콧방귀도 뀌지 않았다. 그와 마주칠 때마다 슬쩍 피해 다니면서 개미처럼, 맹인처럼 옷 짓기에 매달렸다. 그러자 그는 스스로를 장애물이자 걸림돌, 혹은 오래전부터 그 기능을 잊어버린 선돌과 같은 존재라고 느끼게 되었다. 그래서 흡연실에 고독하게 틀어박혔다. 그가 해오던 감시조차도 더는 계속할 이유가 없었다. 이제는 그 누구도 그의 지휘 안에 있는 안정적인 궤도 속으로 들어가기 위해 그를 필요로 하지 않게 되었다. 그의 보살핌은 쓸모없어졌다. 집의 중심이 이동한 것이다. 중심은 이제 2층에 있는 로라의 침실 옆이었다. 모슬린 천이 가득한 곳의 뒤편에서 집의 중심은 자그마한 폭포처럼 생기 넘치게 소리 지르고 울고 웃고 있었다.

이제 집을 지배하는 것은 바로 이 목소리와 아직 완성도 되지 않은 이 아이의 의식이었다. 그리고 오스퇴르 씨는 그 사실에 충격을 받았다. 아니, 아직 제대로 살아보지도 않은 이 자그마한 존재가 그의 연륜과 경험, 고통을 이토록 쉽게 대체할 수 있단 말인가? 바로 이러한 연륜과 경험, 고통 덕분에 스스로 집안을 지배할 권한이 있다고 믿었던 그를 아이의 등장만으로 왕좌에서 끌어내릴 수 있단 말인가? 그가 지금껏 경험한 모든 것, 기이한 저울에 무게를 달았던 모든 것이 아이가 살아온 깃털 무게만큼도 안 되는 것보다 가치가 없어진 것이었다.

오스퇴르 부인은 남편의 혼란을 느꼈다. 그녀는 그런 남편을 돕고 싶었지만 자신조차도 이 새로운 흐름에 지푸라기처럼 휩쓸려 가고 있었다. 그래서 뒤로 돌아 남편에게 두 팔을 벌렸다가도 마치 2층의 침실로 빨려 들어가듯 금세 그의 눈앞에서 사라져버렸다.

보다 사려 깊은 가정교사들은 품위를 보여줄 수

도 있었을 것이다. 하지만 그들을 믿다니 그는 얼마나 어리석었는가……! 그들은 오스퇴르 부인보다 더 자신들이 어디로 향하는지 알지 못했다. 어린 하녀들만큼이나 온화해진 그들은 이 감미로운 바다 속에 푹 빠져서는 마치 무중력 상태에 있는 것처럼 해맑게 떨어졌다가 부드럽게 튀어 올랐다.

시가 연기가 피어오르면 그들이 우르르 몰려올 것이라 기대했던 그였다! 어떤 상황에서든지, 어떤 유혹이 있든지 간에 그들은 그에게 의지하고, 강력하고 풋풋한 사랑으로 그를 지지한다고 대체 누가 믿었단 말인가!

상처받은 오스퇴르 씨는 자주 집을 비우게 되었다. 과수원에 가서 나뭇가지를 쳐내고, 시내로 가서 급한 용무를 보고, 긴 산책에 나섰다가 결국 아무 데도 가지 못하고서는 집으로 돌아오곤 했다. 그리고 집에 돌아오면 모든 삶이 한곳으로 집중된 채 그에게는 금지되어 있었다.

아무도 그가 그 방에 들어가는 걸 막지 않았지만, 늦게 귀가할 때면 그는 층계참에서 신발을 벗고 조용히 지나갔다. 그리고 문턱에 있을 때 문이 열리기라도 하면, 도둑처럼 벽에 붙어 살금살금 걸어서 자기 방으로 들어갔고, 그곳에서 오스퇴르 부인의 가녀리고 소박한 실루엣을 다시는 볼 수 없었다.

그는 눈앞의 광경을 보고 깜짝 놀랐다. 빨간 드레스를 입은 오스퇴르 부인이 오페라 가수처럼 노래를 부르면서 계단을 정신없이 오르내리고 있었다. 그녀의 웃음소리가 현관에서 끊임없이 울려 퍼졌다. 심지어 그들이 약혼을 하던 시절에도 그는 그런 웃음소리를 들어본 적이 없었다. 그때도 소심한 성격이긴 했지만 그래도 매우 젊었던 그녀는 나긋나긋하고 때로는 달콤한 말들을 속삭이기도 했었다. 그 시절 그녀는 그를 흠모했다. 그가 산책을 가자고 하거나 잔디밭 위에서 새의 깃털을 주워 그녀에게 선물하면 그녀의 눈은 기쁨으로 반짝거렸다. 그녀는 그의 사랑만큼이나 그가 준 깃털에 행복해했다. 그는 이런 행복 때문에 그녀를 사랑했다. 그녀와 함께라면 집이 즐겁고 유쾌하리라. 창문은 늘 활짝 열려 있을 것이고, 커튼은 바람에 나부낄 것이다. 심지어 겨울에도 집 안은 온화하고 웃음이 넘칠 것이며, 1층 현관의 대리석 바닥은 스케이트장이 되어 그녀는 작은 발로 미끄럼을 타며 정신없이 다니다가, 볼은 장밋빛이 되고 머리는 조금 헝클어져서는 자신을 향해 팔을 벌리는 그에게 다가갈 것이다. 나이가 들면서 오스퇴르 부인은 덜 유쾌해졌다. 그를 덜 사랑하게 된 것일까? 그가 충분한 기쁨을 주지 않았거나 혹은 고통을 주었던 걸까? 하지만 그녀는 이제 그런 기쁨을 별로 원하지 않는 것 같았다……. 그래서 그들은 다른 영역으로 들어가게 되었다. 두 사람이 함께 손을 잡고, 그러나 조금 슬프게, 함께 이뤄내기로 약속했지만 결국은 해내지 못한 뭔가를 단념하는 것처럼 말이다.

이때부터 그들은 서로에게 거짓말을 하기 시작했다. 아, 물론 심각한 거짓말은 아니었다. 그저 그들의 영혼을 조금씩 감추기 시작한 것이다. 그들은 그러지 않으려고 노력했지만, 서로를 향해 달려갈 때면 그들의 영혼이 보이지 않는 장애물에 부딪히는 것 같았다. 영혼들이 만나 하나가 되기도 전에 추락했기 때문이다. 이 추락이 그들에게는 모욕적으로 느껴졌다. 마치 일어나 걸을 수 있다고 믿었으나 다리에 힘이 풀려버린 노인처럼 말이다. 그들은 이 내밀한 좌절에 대해 이야기하지 않았다.

이렇게 거짓말은 사슬의 고리처럼 꼬리에 꼬리를 물면서 점점 쌓여갔다. 그리하여 서로 거짓말만을 하게 되는 순간이 오게 되었다. 그들의 새로운 삶이 시작된 것이었다. 그들은 말없이 서로의 눈을 바라보는 것을 별로 좋아하지 않았다. 하지만 쉽게 피할 수 있는 일이었기에 이 마지막 장애물을 어렵지 않게 모면할 수 있었다. 그리고 그들의 삶이 거꾸로 뒤집혔다는 것 말고는 그 이전과 완전히 똑같아졌다. 심지어 이 시절에 그들은 불꽃이 다시 타오르기까지 했다. 더는 싸우지 않아도 된다는 건 정말 안심이 되는 일이었다.

물론 그들이 이 새로운 영역의 선을 넘는 시도를 할 수도 있었을 것이다. 그러나 무슨 대가를 치르려고? 그건 그들을 겁에 질려 떨게 만드는 일이었다. 오스퇴르 부인은 아마 집을 떠나버렸을 것이다. 아니면 오스퇴르 씨가 떠나거나. 그런데 두 사람 중 누구도 서로가 없는 삶을 상상할 수 없었다. 그들은 계속 거짓말을 하는 편을 택했다. 함께이기만 하다면 서로 떨어져 사는 편을 택했다. 이것이 더 쉬운 일은 아니었다, 전혀. 영혼을 가둬두고 산다는 건 그렇게 쉬운 일이 아니다. 세상에 혼자뿐이며, 어떤 의미에서는 죄를 지은 것처럼 느껴졌다. 하지만 그들은, 함께 사랑에 빠진 두 사람은 죽음까지 함께해야 한다는 일종의 법칙을 감내했다. 본능에 순종하면서 그 의미와 역할에 대해 생각해보지 않는 동물들과 같았다.

바로 이 시기에 그들은 가정교사들을 고용했다. 가정교사들이 금빛 철문을 넘었을 때, 그들은 그들 사이의 모든 것이 끝이 났고, 이제 새로운 게임을 시작해야 한다는 사실을 알았다.

로라의 아이가 남자아이들의 무리에 합류하게
되자, 그는 왕처럼 대접을 받았다. 아이들은 가장
아름다운 꽃과 강에서 잡은 가장 예쁜 은빛 물고기
를 그에게 가져다주고, 온실 뒤쪽에 있는 '아지트'
를 보여주고, 텃밭 구석에 구스베리가 자라는 곳을
알려주려고 했다.

　　아이가 마치 거울에 비친 자기 모습을 잡으려고
하는 고양이처럼 새끼 오리들을 잡으려다 비틀거
리며 그 위로 넘어지려 하자, 아이 뒤를 쫓던 가정
교사들은 깔깔대며, 넘어지려는 아이를 붙잡고, 나
뭇가지와 손수레의 손잡이를 치웠다.

모두가 이렇게 자신을 두고 호들갑을 떠니, 가끔 아이는 무력한 모습을 보이기도 했다. 그래서 기저귀를 찬 엉덩이로 털썩 주저앉아 주먹을 꽉 쥐고는 냄새를 맡으러 오는 개들과 가까이 다가오는 칠면조들 사이에서 고래고래 소리를 질러댔다.

출산 후 몸을 회복한 로라는 무슨 일이 있었는지를 잊어버린 듯했다. 그녀가 아무렇지도 않게 육아를 다른 여자들에게 맡겨버리자, 오스퇴르 부인은 충격을 받았다. 로라를 꾸짖어도 보았지만 몽상에 빠진 가정교사는 꿈쩍도 하지 않았다. 그녀는 홀로 한가로이 거닐거나 풀잎을 오물오물 씹으면서 하루 종일 산책을 할 뿐이었다. 예전의 삶이 전보다 더 확실하고 더 교묘한 방식으로 그녀를 다시 데려간 것 같았다.

아기가 칠면조 사이에서 울고 있어도 로라는 쳐다보지 않았다. 아기가 침대에서 깨어나면 그녀는 이미 새벽녘부터 산책을 하러 나가고 없었다. 산책에서 돌아오면 바로 침실로 올라가지 않고 현관 아래에서 하녀들과 노닥거리거나 창문 뒤편의 정원을 말없이 바라보았다.

　로라가 집의 중앙에 있는 커다랗고 새하얀 침대에 누워 있었을 때, 자신은 이런 삶과는 결별했다고 생각했었다. 하지만 계속 이 방에서 지내며 조금씩 예전의 습관들을 회복하게 되었다. 아기가 태어났을 때 그녀는 자신이 마치 바이올린 같다고, 가운데가 갈라진 선박 같다고 생각했다. 그리고 이미 경이로울 정도로 잘 만들어진, 기이하고 낯선 이 작은 존재가 그녀로부터 갑자기 튀어나왔다. 그런 뒤 선박의 옆구리가 서서히 제자리를 찾았고, 벌어졌던 부분에는 아무것도 남아 있지 않게 되었다. 로라는 그곳에 손을 대보았다. 아무 소리도 들리지 않았다. 예전의 상태와 너무나 똑같아서 꿈을 꾼 것처럼 느껴졌다. 그러고 나자 옆방에서 악을 쓰며 울고 옹알거리는 소리가 들려왔다. 그녀는 일어나 침실을 가로질러 요람 위로 몸을 숙였다. 처음 보는 어떤 이가 자신을 보살펴달라고 요구하고 있었으나, 그는 이미 생존을 위한 모든 것을 갖추고 있었다.

그녀는 아이에게 사랑이라 할 만한 감정을, 생소하고 엄청난 애정을 느꼈다. 하지만 자신이 아이를 가졌다기보다 이 아이가 자신에게서 태어나기로 선택한 것만 같았다. 그리고 그녀는 그의 선택을 도무지 이해할 수 없었다. 왜 다른 가정교사들이 아니라 자신을 택한 걸까? 로라, 그녀에게 바라는 것이 있었던 걸까? 둘은 한참 동안 서로를 바라보았다. 그녀는 질문을 했고, 아이는 호수처럼 맑은 눈으로 대답했다. 그는 오랜 여행을 마치고 난 뒤, 피가 흐르는 그녀의 다리 사이에서 태어난, 그녀보다 더 오래 산 사람 같았다. 그의 곁에 있으면 로라는 어리고 젊고 아무것도 모르는 사람처럼 느껴졌다. 그로부터 뭔가 배울 게 있었던 건 아닐까? 그가 자신을 그렇게 바라보고 있노라면, 그녀는 다른 눈빛이 떠올랐다. 죽음을 앞둔 남자의 마지막 눈빛, 당신을 사랑하지만 당신을 떠나야 하는 남자의 눈빛 같은 것 말이다. 그것은 작별의 눈빛이라고 그녀는 확신했다.

그런데 이 생명은 자라났고, 아기가 되었다. 나이 든 사람의 눈빛이 아니라, 어린 아기다운 해맑은 눈빛을 가진, 잘 웃고 잘 울고 목말라하고 배고파하는 아기 말이다. 시간과 공간을 짊어진 이가 아닌, 다른 사람이었다. 처음에 나타났던 이는 완전히 사라져버렸다.

그리하여 로라는 울적해져서 혼자 산책하기 시작했다. 그녀는 누군가를 잃은 것이다. 갓 태어난 생기 넘치는 이에게 자리를 넘겨주고 단 며칠 만에 떠나버린 이에 대한 애도를 느꼈다. 그녀가 사랑한 것은 다른 이었다. 그녀에게서 태어나기로 선택하고, 짙은 호수 같은 눈길로 자신을 가르치던, 그리고 겨우 며칠 만에 자신이 알고 있던 모든 것이 사라져버린 이를 사랑한 것이다.

로라는 혼자 산책을 하다가 그럼 아마도 자신 또한 스스로 태어날 곳을 선택한 것이라는 생각이 들었다. 그렇다면 그녀는 무엇을 하기로 약속했던 걸까? 그 일을 한 걸까? 아니면 해내고 있는 중인 걸까? 그녀는 다른 눈으로 정원을 바라보았고, 다른 눈으로 어린나무들의 꼭대기를 바라보았으며, 호기심이 가득한 눈으로 자매들을 바라보았다. 갑자기 모든 것에 의미가 생겼고, 모든 것에 역할이 생겼다. 그녀는 이런 생각들에 골몰하면서 아이를 돌보는 일을 잊어버렸다. 아이의 탄생 이후 얼마 지나지 않아 일어난 자기 자신의 탄생에 온 정신을 쏟아붓고 있었다.

하지만 그것도 오래가지 못했다. 감상들이 솟아오르고 얼마 동안 체온을 미세하게 바꿔놓지만 이내 사그라들고 살 속으로 완벽히 섞이면서 결국은 아무것도 남지 않게 된다. 로라는 탄생에 대한 이 거대한 감상을 집어삼켜버렸다. 그녀의 배가 은밀하게 열렸다가 아이가 태어나고 다시 닫혀버리자 이제는 아무 일도 일어나지 않았던 것처럼, 어떤 흔적도 남지 않게 된 것과 마찬가지로, 잠시 반쯤 열렸던 그녀의 정신도 다시 날개를 접어버리고 말았다. 로라는 예전의 흐릿한 존재로, 철문으로 달려가거나 고동치는 심장으로 알 수 없는 무언가를 뒤쫓으며 숲속으로 돌진할 때면 셋 중 가장 느렸던 로라로 되돌아왔다.

　나머지 가정교사들은 그녀가 옛날 모습 그대로 돌아온 것을 보고 놀랐다. 그들은 엄청난 얘기를 들을 거라 기대하며 로라에게 아기를 낳았을 때 어땠는지 말해달라고 졸랐지만, 그녀의 입에서 나온 말들은 자신이 없고 아리송해서 실망하고 말았다.

　아이는 곧 남자아이들의 무리에 녹아들었다. 갈수록 다른 아이들과 별다를 게 없어져버렸다. 그는 다른 아이들과 똑같은 머리카락과 눈을 가졌고, 그들처럼 환호성을 질렀으며, 작고 민첩한 다리로 하루에 열 번씩 계단을 오르내렸다. 그들처럼 굴렁쇠 놀이를 했고, 그들처럼 조랑말을 수레에서 풀고 잔디밭을 서투르게 내달렸으며, 그들처럼 다락방에서 잠을 자고 온실에서 꿈을 꾸며 꽃을 빨아 먹었다.

　그리하여 결국은 아무것도 달라지지 않았다. 도대체 어떤 폭탄이 이 집 위로 떨어져야 삶이 갑작스러운 전환을 맞고, 철문이 활짝 열리고, 나무들이 뽑히고, 집이 자리를 바꾸면서 다른 풍경을 만들어내게 되는 걸까?

맞은편에 사는 노인은 다시 창가에 자리 잡고 앉았다. 그는 행복해하면서도 약간 실망을 했다. 그는 떠나지 않을 것이다. 새로운 삶을 살지 못할 것이다. 망원경을 조준하면서, 날씬하고 유순한 여자를, 그녀의 연노랑 드레스를, 그녀에게 품었을 사랑을, 그녀 입에서 나왔을 "내 사랑"이란 말을, 여행들을, 먼 나라들을 단념했다.

가정교사들은 다시 잔디밭에서 분주히 움직였다. 그의 시선을 간청하고 그에게 신호를 보냈다. 드레스 위에서나 집의 정면 외벽에서 흔들리고, 여름철의 나비처럼 나무를 타고 올라가는 망원경의 반짝이는 빛을 다시 발견하자 그들은 손뼉을 치며 기뻐했다.

그들은 치마나 창문에 손을 바짝 갖다 대서 빛을 잡아보려 했다. 남자아이들과 함께 달아나는 이 빛을 쫓으며 그렇게 그들은 즐거운 시간을 보냈다. 갑자기 그들이 빛을 잡은 척을 했다. 호기심에 가득 찬 남자아이들이 주위로 원을 그리며 다가오자, 그들은 갑자기 손을 벌렸고, 노인은 망원경의 방향을 돌려서, 남자아이들이 금빛 광채가 날아가는 모습을 보게 했다. 가정교사들의 새로운 재간에 감탄한 아이들은 고개를 들었고, 가장 어린 아이들은 집 안의 계단으로 우르르 몰려가, 마치 둥지에서 새를 꺼내러 가듯 지붕 위에 있는 망원경의 빛을 잡으러 갔다.

그곳에 도착하자 빛은 사라져버렸다. 그들은 다락방의 가방 안을 뒤지고, 지붕 빗물받이 통에 손을 넣어보고, 새들이 가져가 꿀꺽 삼켜버린 것은 아닌지 의심하면서 빛을 찾아보았다. 그들의 보물찾기는 밤이 되어서야 끝이 났다.

아이들은 빛을 쫓는 꿈을 꾸었다. 집 안에 숨겨져 있는 어떤 신비로운 비밀이 이따금 나타나서 아이들이 쫓아오게 만들고 그들이 가까이 다가오면 사라져버리는 것이었다. 빛은 여기 어딘가에 있다. 하지만 어디에? 그리고 달아나기 전에 어떻게 잡을 수 있을까? 그들은 나비채와 작은 구멍이 잔뜩 뚫린 상자로 무장하고는 조용히 속삭이면서 하루 종일 집 안을 샅샅이 뒤지고 다녔다. 그러면서 꽃병 바닥에서 빛을 봤다는 착각에 꽃병을 나비채로 덮쳐 산산조각 내기도 하고, 갑자기 하녀들의 머리에 상자를 뒤집어씌워 잔디밭으로 요란스럽게 끌고 가면서 그들을 겁먹게 만들기도 했다.

나이가 많은 아이들은 이런 소동을 보고 코웃음을 쳤다. 무슨 일이 있어도 그들이 이런 바보 같은 경주에 엮이는 일은 없으리라. 하지만 그들이 오만하게 정원을 가로지를 때, 문득 눈을 돌려 순식간에 사라져버리는 빛의 점을 바라보면서 심장이 고동치는 것을 느끼곤 했다.

때때로 가정교사들은 긴 산행길에 올라 히스꽃 사이에 파묻힌다. 그러면 사흘 동안이나 그들을 볼 수 없다. 그들이 활동적이어서 그런 것도 아니고, 자연을 열정적으로 사랑하는 사람들인 것도 아니다. 그들은 끝까지 해내는 일이 없으며, 한 번도 제대로 일의 마무리를 지어본 적이 없다—아이를 낳은 로라는 제외할 수도 있겠다. 예를 들어 그들은 라틴어나 히브리어를 공부해보겠다고 수없이 다짐했었다. 이삼일 정도 수업을 듣고 난 뒤, 단어 하나, 창문으로 얼핏 보이는 나무 한 그루, 전날 밤 꾸었던 꿈 때문에 집중이 흐트러지면서 온 신경을 빼앗

겨버리고 그렇게 그들은 공부를 중단하고 몽상에 빠져든다. 또 어떤 때는 식물학이나 동물학에 관심이 생긴다면서, 책과 식물도감을 사고 사전을 뒤적거린다. 그리고 이틀이 지나면 다시 원래대로 돌아오고야 만다. 그들이 추구하는 삶의 중심은 그들의 의지와 상관없이 이미 존재해오던 것 같았다. 그런데 그 중심이 너무나 깊이 묻혀 있어 보이지 않기 때문에 성찰을 통해서가 아니라 일종의 포기를 통해 그 중심에 다가서는 듯했다. 무기력하게 아무런 일도 하지 않을 때, 그들은 능동적이고 과단성 있을 때보다 훨씬 더 강바닥에 가깝다고 느낀다. 하지만 숨겨진 죄책감이 이따금 그들을 움직이게 만든다. 그럴 때 그들은 이렇게 말한다. "산행을 다녀오자. 자연을 탐험하고, 나무와 꽃을 관찰하러 가자. 새로운 감상들을 한 아름 가지고 집으로 돌아와 찬찬히 들여다보는 거야."

그들은 히스 꽃밭에서 폴짝폴짝 뛰논다. 그렇게 남자아이들을 집에 남겨두고 사흘간의 휴가를 떠난다. 이쪽엔 아직 덜 익어 쓴맛이 나는 열매가 달린 개암나무가 있고, 저쪽엔 즐겁게 인사를 건네자 그들 쪽으로 고개를 돌리는 소들이 있다. 여기엔 깡깡대며 깡충깡충 뛰어다니는 강아지 한 마리가 있는데, 그들과 함께 걷다가 보이지 않는 경계에 이르자 갑자기 걸음을 멈춘다. 그들의 고장에서 그들은 풍경을 바라보았다. 시냇물이 졸졸거리는 소리가 가득한, 물을 가득 머금은 봄날의 초원이 펼쳐져 있고, 생기 넘치는 노란 수선화가 뻗어 나오는 물과 풀의 고장이다. 거칠고 푸르고 차가운 하늘 아래 피어 있는 금작화의 고장에서 그들은 메마른 땅 위를 쿵쿵 걸으며 손을 주머니 속 깊숙이 찔러 넣는다. 여름이 끝날 무렵에는 손가락을 빨갛게 물들이는 오디나무가 우거지고, 시큼한 분홍 까치밥나무 열매가 부드럽고 푸르른 나뭇잎들 아래 열린다.

오스퇴르 부부의 집에서 지낸 지가 너무나 오래됐기 때문에, 그들은 이런 모든 감상들과 이미지들을 수도 없이 삼키고 제 것으로 만들었다. 하지만 그럼에도 불구하고 계속 살아나가기에 그들에겐 충분치가 않았다. 그것은 행복의 시작, 보다 정확히 말하면 행복의 정확한 음(音)과 같았다. 그들은 조심스럽게 자신들의 삶을 이 음과 비슷하게 만들려고 노력했다.

산행을 하는 동안 그들은 바로 이런 기쁨을 느낄 수 있었고, 이것이 살고자 하는 욕망, 더 잘 살고자 하는 욕망을 불러일으켰다. 무성한 나뭇잎으로 둘러싸이고 부드럽고 싱싱한 풀들이 올라온 땅을 산책할 때 그들은 단순히 행복이 바로 여기, 무성한 나뭇잎으로 둘러싸인 땅에, 빽빽이 들어선 떡갈나무의 그늘 아래 있다는 사실만 느낀 것이 아니었다. 행복은 바로 이런 것이었다는 것, 행복은 이렇게 우거진 나뭇잎들이 풍기는 고요한 위엄과 이 땅이 가지는 공간의 위풍당당함, 풀밭의 사색적인 깊이를 지니고 있다는 것, 그리고 자신들의 삶에 바로 이런 힘과 성질이 흐르도록 해야 한다는 것을 느꼈다.

늦가을의 풍경도 빼놓을 수 없다. 모든 것이 서

서히 썩어가고, 나무가 흙과 뒤섞이고, 물과 나뭇잎들이 만나 붉은 웅덩이를 만드는 계절이다. 가정교사들은 그에 순응하며 여름에 대한 인상을 뒤섞어서 둔하게 만들었다. 그들은 죽음을 향해 가듯 난롯가에 힘없이 앉아서는, 그들 안에 묵직하게 내려앉아 냄새를 풍기는, 마치 마녀의 물약처럼 서서히 섞이는 이 퇴비 무더기로 다가올 봄을 위한 양분을 만들었다. 그런 다음 겨울이 왔다. 뼈와 해골의 계절이다. 그들은 기도서를 읽고 영혼을 갈고 닦으며 몸을 꽉 죄는 상복을 입었다. 창백해진 그들은 음식도 거의 먹지 않았다.

봄이 오면 응당 축하연이 필요했다. 4월의 내음이 나기 시작하면서 갑자기 공간이 넓어지고 공기처럼 가벼워질 때, 그들은 옅은 초록색 드레스를 입고 철문으로 달려 나갔다. 낯선 남자들과 나누는 입맞춤에는 지나간 그들의 모든 여름과 가을, 겨울이 들어 있었다. 열광, 단념, 신비로운 생각들이 담긴 입맞춤이었다. 마치 작은 상자처럼 그들의 입맞춤은 여름의 숨 막히는 열기, 땀, 고함을 지르는 붉

은 살결과, 가을의 부패, 무게, 온갖 냄새와, 겨울의
가녀리고 시커먼 무기질의 형태들을 품고 있었다.
남자들은 그들의 입맞춤에 매혹되었다. 그들은 가
정교사들의 입을 재차 음미하면서 계절을 다시 느
끼곤 했다. 그들은 입술과 분홍빛 혀를 다시 정복
하고 진줏빛 치아를 더듬었다. 가정교사들을 통해
그들은 꽃잎을 물어뜯고 강물을 마셨다. 그렇기에
그녀들과의 입맞춤은 너무나 강렬했다. 그런 뒤 가
정교사들이 다시 옷을 입고 손바닥으로 옷깃과 머
릿결을 가다듬으면, 그들은 잔인하게 버림받았다
는 느낌을 받았다.

산행을 하는 동안 그들은 풀 속에서 잠들고 온
풀밭 위를 데굴데굴 구르며 내려가기도 했다. 그들
은 나무 위를 오르면서 다리의 살갗이 벗겨지고 근
육이 일하는 느낌을 갖는 것을 정말 좋아했다. 마
치 손처럼 몸을 감싸는 차가운 강물에서 물놀이를
하기도 하고, 꽃줄기를 우물우물 씹고, 분홍색 풀
다발로 얼굴을 쓰다듬기도 했다. 그들에겐 모든 것
이 좋았다. 발이 돌부리에 부딪히고, 가시덤불 속

에서 몸을 긁히고, 독성을 품은 쐐기풀이 종아리를 부드럽게 스치는 느낌까지도 말이다. 어떤 때는 이 모든 것에 온몸을 비비고 싶은 마음이 들었다.

산행에서 멀쩡히 돌아오느냐고? 오, 그럴 리가! 추위에 떨고, 몸을 데고, 날카로운 풀에 긁히고, 피를 흘리고 또 피를 흘린 진정한 여행자가 되어 돌아온다……. 더 젊어진 그들은 진창에서 잠을 청하며 온몸에 진흙을 뒤집어쓸 수도 있을 것이다. 하지만 그들은 이제 스무 살 청춘이 아니기에 어떤 것들은 거부했다. 물론 발가벗은 채로 나무를 오르는 일은 가능했다! 억세고 오돌토돌한 나무껍질을 부드러운 가슴과 부드러운 배와 부드러운 허벅지로 느껴야만 했다. 심장을 고동치게 만드는 얼음장 같은 물에 들어갈 때도 발가벗은 채였다. 물이 목까지 차오르면 눈을 감았다. 그러면 마비된 것 같은 몸은 위로 날아올라 하늘을 가로지르며 창공으로 향했다. 물 위에는 수련꽃처럼 떠 있는 머리만 남았다.

얼음처럼 차가운 강물의 손아귀에서 벗어난 몸

은 곧바로 생명을 되찾았다. 체온을 높이려고 몸을 세차게 문지르면 온몸이 분홍빛이 되었다. 그들은 잔가지로 서로의 몸을 후려쳤다. 몸에 선홍색 줄무늬가 생긴 그들은 손으로 가슴을 부여잡고 강물을 따라 뛰어다녔고, 너무나 더워진 나머지 주위로 뿌연 안개가 생겨나 달리는 그들을 감싸곤 했다.

가을이면 비를 맞아 물러진 나뭇잎 더미의 냄새를 맡는 일을 그들은 가장 좋아했다. 땅에 엎드려서 검붉은 나뭇잎 더미 속에 얼굴을 묻고, 그곳에 얼굴을 비비고, 냄새를 맡는 강아지처럼 오랫동안 숨을 들이마시곤 했다. 그들은 빗속에 잠기는 느낌을 좋아해서 온몸이 흠뻑 젖을 때까지 산책을 했고, 머리는 헝클어지고 눈은 시뻘겋게 충혈되어 집으로 돌아오곤 했다.

오스퇴르 부인은 그들의 이런 모습을 보는 것을 별로 좋아하지 않았다. 마녀들의 집회라든지 그와 비슷한 성격의 무슨 일이 일어난 것만 같았다. 그럴 때면 가정교사들은 오스퇴르 부인에게 너무나 낯설게 느껴졌다. 그들이 이빨로 그녀를 물어뜯거나, 부글거리는 드레스로 회오리바람을 일으키며 단숨에 2층으로 날아오를 것만 같았다.

겁을 먹은 부인은 작은 거실로 몸을 숨기고는 살짝 열린 문틈으로 그들이 지나가는 것을 바라보았다.

그들은 남아도는 힘으로 물을 가르듯 계단을 오르고, 춤을 추려는 듯 난간을 붙잡고, 2층으로 올라갔다 다시 아래로 내려오는 일을 반복했다. 한 집안이 감당하기에는 너무나 활기가 넘쳤고, 층계 하나를 오르내리기에는 너무나 재빨랐으며, 존재만으로 커튼에 불이 붙을 정도로 정열적이었다. 침실의 덧창을 닫으러 갈 때에도 넘쳐나는 힘 때문에 창문 밖으로 떨어지지 않도록 그들의 허리를 붙들고 있어야만 했다. 세상은 그들에게 너무나 작았다. 집은 인형의 집이고, 정원은 비 오는 날 아이들과 함께 만드는 화분 속 일본식 정원 같았다. 나무는 잔가지로, 바위는 자갈 세 개로, 호수는 컵받침에 만들고, 애벌레가 선사시대의 거대한 괴물이 되는 그런 정원 말이다.

산행을 마치고 돌아오면 모든 것이 그들의 눈에 이렇게 보였다. 그들은 한 손으로 정원의 나무들을 뽑아서 땅에 대고 구부러뜨릴 수 있을 것이다. 다른 한 손으로는 집의 지붕을 들어 올려 불안에 떨고 있는 오스퇴르 부인이나 흐느끼는 하녀를 두 손가락으로 집어 들 것이다. 쌍안경을 낀 노인은 바벨탑과 같은 다리 한쪽과 천구 크기와 맞먹는 가슴 한쪽을 보게 될 것이다. 이 새로운 풍경 속에서 그는 숲, 평원, 산, 시냇물 그리고 얽혀 있는 넝쿨식물들을 발견할 것이다. 그곳에서 그는 길을 잃으리라. 가정교사들이 어디로 가버렸는지 의아해할 것이다. 그리고 날씨가 맑은 날 그는 갑자기 그들의 거대한 머리들을 발견하게 될 것이다. 로라가 그를 향해 혀를 내미는데, 그것은 불타오르는 거대한 혀이자 위로부터 펼쳐지는 레드 카펫이다. 그가 혀 위에 털썩 주저앉자, 혀가 빠르게 감기면서 그는 마치 요나처럼 가정교사들의 식도와 배 속으로 떨어진다. 그곳은 귓속이나 조개껍데기 안처럼 메아리가 울리는 거대한 분홍빛 방이다. 매우 작아진 노인은 따뜻한 외투를 입고 목에는 스카프를 두른 채 그곳에서 잠들 것이다. 그는 손을 머리 뒤에 대고 등을 붙인 채 누워서 만족의 미소를 지으며 하늘과 별들을 바라볼 것이다. 이 분홍빛 배 속에도 하늘과 별이라 할 만한 것들이 있기 때문이다. 그가 자리에서 일어나 눈을 손으로 가리며 지평선을 찾으려 해도 소용없을 것이다. 이 배 속에서 경계를 발견할 수 없으리라. 이곳은 무한한 공간이다.

그런 뒤 소매에서 팔을 빼면 그대로 바닥에 툭 떨어져버리는 옷처럼 그들의 흥분이 단번에 가라앉는다. 굉장하던 그들의 크기는 이제 발치까지 내려왔다. 바람 빠진 열기구처럼 힘없이 좌초되었다. 수북이 쌓인 천 아래서 기어 나온 그들은 아주 작아졌고 발가벗고 있다. 이제는 집이 너무 커서 그들은 새끼 강아지만 하다가 이내 새끼 오리만 해진다. 그들은 거대한 방 안을 뒤뚱거리며 걷다가 지나가던 하녀들의 발에 차인다. 창문이 너무 높아서 하늘을 볼 수 없으니 그들은 갇혀 있는 느낌이다. 계단을 내려가려면 몇 시간이 걸린다. 게다가 상당히 불편하다. 문이 닫혀 있다면 그들이 어떻게 열수 있겠는가? 손잡이는 너무 높이 달려 있고 돌릴수도 없다. 그들은 길을 잃고 방황한다. 침실로 가는 길을 찾으려면 꼬박 며칠이 필요하다. 정원으로 나가보니 그들의 눈에 거대한 사바나가 펼쳐진다. 이제는 지평선에서 철문도 보이지 않는다. 그 뒤그들은 원래의 크기로 돌아온다.

가정교사들이 스무 살이었고 나무 아래서 달콤한 말들을 속삭이던 시절, 그들은 남자아이들의 열렬한 애정의 대상이었다. 아이들이 누군가의 얼굴을 그릴 때면 언제나 가정교사들의 얼굴이었고, 나중에 어떻게 사람들을 기쁘게 할 수 있을까 고민할 때면 가정교사들이 자신들을 지켜보고 있다고 상상하기만 하면 되었다.

  보통 방임 상태였던 아이들은 이 집안의 생활에서 네 번째 집합을 이루고 있었다. 먼저, 같은 침실을 사용하는 오스퇴르 부부가 함께 한 부분을 차지하고 있었다. 그다음으로, 다락방에서 자는 어린 하녀들이 같은 침실을 공유하기에 그들을 하나로 묶을 수 있었다. 그리고 오스퇴르 부부를 합친 것만큼 강하지는 않지만 모든 하녀들을 합친 것보다는 훨씬 강한 가정교사들도 한 부분을 이루고 있었다.

네 개의 집합이 돌아가면서 그리고 다른 순서로 둘씩 묶이곤 했다. 몇몇 남자아이들은 연합이 뒤바뀌는 것을 이해하는 데 큰 어려움을 겪었다. 그것은 갑자기 벌어지는 일이었고 그들에게 딱히 미리 알려주는 것도 아니었기 때문이다. 그러면 아이들은 어찌할 바를 모르면서 자신들의 편을 정확히 찾기 위해 부단히 애를 썼다. 예를 들면 가정교사들이 희한하고 불가사의하게도 한동안 어린 하녀들과 짝을 이룰 때가 있었다. 이럴 때에는 그들이 자신들을 돌봐줄 시간이 없고, 아무리 잘 만든 식물 표본을 내밀어도 하품을 할 뿐이라는 사실을 이해해야 했다. 어리석게도 아이들은 가정교사들이 식물채집에 영영 관심을 잃었다거나 심지어는 자신들에 대한 관심을 잃었다고 생각하기도 했다. 힘든 일이었지만 시간이 흐르면서 그것을 받아들였다.

스스로를 위로하고, 가정교사들의 사랑은 잃었지만 그래도 견딜 만한 새로운 소박한 삶을 꾸릴 방법을 찾아갔다. 그런데 갑자기 예고도 없이 연합이 바뀌어버렸다. 그리고 이제는 남자아이들이 가정교사들과 한편이 된다. 그러면 다시 식물표본을 꺼내 와 그들에게 보여줘야 했다. 그들은 박수를 치면서 아이들을 열렬히 사랑하는 듯했다. 그러는 동안 하녀들은 다락방에서 흐느끼고 있었다.

아이들은 가정교사들의 사랑에 다시 익숙해졌다. 그들의 사랑 속에 다시 빠져드는 것은 금세 되찾을 수 있는 습관이었다. 그러다 갑자기 오스퇴르 부부가 다시 우위를 차지하게 되었다. 부부가 가정교사들과 함께 정원의 오솔길을 걷는 모습이 보였다. 다섯이서 웃고 떠들며 저녁 내내 함께 시간을 보냈다. 이런 상황에서 남자아이들은 균형을 맞추기 위해 어린 하녀들과 연합하는 수밖에 없었다. 하지만 그들은 하녀들과 한편이 된 것이 부끄러웠다. 어린 하녀들이 어쨌거나 그들보다 열등하다는 사실 때문이 아니라—결국 가장 즐겁게 놀 수 있는 상대는 하녀들이었다—남들이 만든 상황 때문에 자신들의 위치가 낮아지지 않고 그들 스스로 같은 편을 선택하고 싶었기 때문이다.

그들은 자존심 때문에 본인들의 의지로 선택을 한 것처럼 굴었다. 이 점을 강조하기 위해 어린 하녀들에게 다정하게 구는 모습을 과시했다. 그러면 하녀들은 남자아이들의 사랑을 받고 있고 아이들의 싱그럽고 유쾌한 삶에서 특별한 위치를 차지하고 있다고 믿었다. 한데 이 집안의 흐름을 바꿀 만큼 강하지 않은 남자아이들 때문이 아니라 불가사의한 이유 때문에 역할이 다시 바뀐다. 버림받은 어린 하녀들은 자신들의 믿음이 잔인하게 배신당한 것을 느낀다. 그러는 동안 남자아이들은 자신들을 향해 벌린 팔로, 그 팔이 누구의 팔이든지 간에, 더 빠르게 돌진했다.

이건 마치 의자에 먼저 앉기 게임을 하는 것과 비슷했다. 다른 이들이 평생 지속될 것 같은 연합 혹은 우정을 만드는 동안 언제나 누군가는 혼자 남았다. 이런 연합이 지속되지 않는다는 사실을 경험으로 알고 있었다. 집안의 구성원들은 카드를 뒤섞듯이 흩어져 다시 섞일 것이고 새로운 게임이 시작되면 연합은 새롭게 만들어지리라. 거기에 아마 자신의 자리가 있을 것이다. 하지만 게임이 다시 시작되리라는 걸 어떻게 확신할 수 있단 말인가? 어쩌면 이번이 마지막 판이라서 이제는 모두가 운명이 정해준 자리에 계속 머물러야 할지도 모른다면? 그럼에도 불구하고 다시 한번 결속이 깨지고 새롭게 만들어지는 경우를 대비해 경계를 늦추면 안 되었다. 그때에는 유리한 쪽으로 재빠르게 돌진해야 하리라.

가정교사들은 최근 어린 하녀들과 한패였었다. 커다란 나무 아래서 나팔처럼 퍼진 치마를 입고 앉아 뜨개질을 하고 담소를 나누는 그들의 모습은 한 폭의 우아한 그림 같았다. 버림받은 남자아이들은 그들과 멀지 않은 곳에 머물면서 천천히 걷고, 거의 놀지도 않으면서 그들에게서 눈을 떼지 못했다. 아주 작은 변화의 신호만 보여도, 예를 들면 가정교사들이 갑자기 하녀들에게 이야기하던 걸 멈추고 입을 크게 벌려 하품을 하면, 그들은 조심스럽게 다가가 펄쩍 뛰어서 그들의 자리를 차지할 준비를 했다. 하지만 예고되었던 변화는 대개 일어나지 않았다. 가정교사들은 하녀들과 다시 수다를 떨기 시작했고, 털실 뭉치를 잡아주거나 하녀들의 머리카락으로 장난을 쳤다.

남자아이들이 가장 마음에 들어 하지 않던 것은 바로 오스퇴르 부부와의 연합이었다. 이 연합에서는 불편함을 느꼈다. 마치 규율에 복종하고 사람들이 그들에게 기대하는 일에 순응하는 것 같았다. 가정교사들과 한편이 되는 것이 훨씬 더 위험하고 흥분되는 일이었다. 그리고 심지어는 하녀들과 짝이 될 때에도 사악한 운명으로 서로 연결되어 있음을 느끼는 일종의 쾌감이 있었다. 오스퇴르 부부와 한편에 서면, 이쪽이 이성의 편인 것 같았다. 하지만 미친 듯이 즐길 수 있는 건 저쪽이었다.

오스퇴르 부부와 함께 있으면, 그들은 정숙한 부모와 함께 있는 정숙한 아이들처럼 보였다. 부모는 행복해하지만 아이들은 수치스러워한다. 그들은 차라리 자신들을 바라보지도 않고 옆으로 지나치는, 아주 신비스러운 연인들을 닮기를 원했다. 정숙한 부모의 곁에서 정숙한 아이들은 모든 것을 바라본다. 아이들의 눈은 밖을 향해 있고, 가족의 모습은 끈질기게 외면하며, 가족의 일원이 아닌 척을 하고, 지나가는 아무에게나 붙어 그를 따라가버린다. 그들의 수치심은 부모가 그들이 도망갔다는 사실을 전혀 모르고 있다는 사실 때문에 더욱 강해진다. 적어도 부모가 화를 좀 내주었더라면! 다른 데가지 말고 여기에 얌전히 있으라고 말해주었더라면! 그럼 아마도 그들은 결국 투쟁 끝에 돌아온 것에 만족하면서, 천천히, 상냥하게 가족의 품에 안겼을 것이다. 그러나 정숙한 부모들의 이런 맹목적인 신뢰이자 착각이 수치심을 느끼게 하는 것이다. 어쩜 그렇게 맹목적일 수 있는지 그들에게 따져 묻고 싶지만 그럴 수가 없다. 행복하게 잠드는 그들 앞에서 증오 같은 것을 느낀다.

그리하여 남자아이들이 오스퇴르 부부와 짝이

되면, 그들은 자유로운 척, 이 연합을 스스로 선택한 척을 한다. 어린 하녀들과 함께할 때와 조금 비슷하지만 이유는 다르다. 그들이 이런 연극을 벌이는 것은 오스퇴르 부부를 위해서가 아니라, 외부의 시선 때문에, 즉 그들 자신을 위해서이다.

아이들에게 가장 매력적인 연합은 물론 가정교사들과 한편이 되는 것이다. 그들과 함께 있으면, 아이들은 힘을 얻는다. 마음대로 소리를 지르거나 여기저기 돌아다니고, 정원에 높이 자란 풀들과 보잘것없는 머리를 세우고 있는 꽃을 있는 힘껏 후려칠 수 있다. 그런데 이 연합이 그들을 우쭐하게 만들고, 전율하며 탐험하게 만드는 길을 열어주기는 하지만, 그럼에도 불구하고 그들을 완벽히 만족시켜주는 조합은 아니다. 그들 안에 무언가가 이 연합이 의미하는 모든 연극들을 곱씹게 만든다.

사실 아이들이 가장 좋아하지만 너무 약해 보일까 두려워 고백하지 못하고 있는 연합은 바로 벽 너머 노인과의 연합이다. 그와 함께 있을 때 그들은 가장 편안함을 느낀다. 오스퇴르 부부와 함께

일 때의 아이들 같지도 않고, 어린 하녀들과 함께일 때처럼 가혹하지도 않고, 가정교사들과 함께일 때처럼 수없이 많은 꾸지람 때문에 마음이 아프지도 않다. 노인과 함께일 때면 정확히 그들의 자리에 있음을 느끼며 자존감이 충만한 채 생기가 넘치면서도 차분하다.

이따금 노인은 가정교사들을 쉬게 하고 오스퇴르 부부와 좋은 이웃 관계를 유지하려고 남자아이들을 데리고 산책에 나선다. 아이들은 노인의 주변에서 얌전히 걸으면서 나비를 뒤쫓는다. 그리고 차분히 일정한 속도로 길을 걷는 노인이 입은 외투를 매우 즐거워하며 따라간다.

남자아이들에게 친구가 있다면 그 사람은 바로 이 노인이다. 그와 함께라면 바보처럼 굴거나 약한 모습을 보여도 괜찮다. 발목을 삐었다고 울고, 여자애들 이야기를 하고, 상스러운 말이긴 하지만 재밌는 단어를 흥얼거리며 수도 없이 내뱉고, 아무 말도 하지 않고, 소박한 삶을 살아가고, 노인의 스카프를 목에 두르고 깃발 같은 나뭇가지를 흔들면서 무리의 선두에서 당당하게 걸을 수 있다.

노인을 기쁘게 하기 위해 애써 노력할 필요가 전혀 없다. 그를 위해 애를 쓰든 혹은 서투르게 굴든 간에 그는 당신에게 말을 걸 것이고, 정확히 같은 방식으로 당신을 바라본다. 그는 말을 많이 하는 편은 아니지만, 말을 하면 자신의 편에 머문다. 그리고 이것이 상대방을 상대의 편에 머물도록 만든다. 신기하고도 놀라운 일은 바로 각자 자신의 편에 머물면서도 화합이 가능하다는 사실이다. 상대방의 세계에 들어가기 위해 당신이 다른 사람이 되어야만 하는 상황이거나 혹은 그 반대로 상대방이 당신 쪽으로 오고 싶어 해서 정말 문을 열어주고 싶었던 게 맞는지 확신도 없이 그를 맞이하는 상황에서보다 훨씬 더 잘 화합할 수 있다.

노인은 나이가 아주 많기는 하지만 동등한 상대다. 그는 가정교사들처럼 정신 나간 듯이 빙글빙글 돌며 춤을 추게 하지 않는다. 그는 당신의 속도대로 걷도록 내버려둔다. 그리고 그 스스로가 발걸음을 재촉하며 매우 기뻐 보이는 날이면 누가 그를 요란스럽게 쫓아오든지 말든지 신경도 쓰지 않는다.

당신이 그러든지 말든지 그에게는 중요하지 않다. 그는 당신이 여기에 있어서 기쁘다. 그거면 된다.

하지만 어느 날 모두의 기대를 저버리고 노인은 멀어져버렸다. 가정교사들을 지켜보는 일이 지겨워진 것이다. 가정교사들은 이 사실을 눈치챘다. 정원에서 반짝이는 망원경의 빛이 줄어들고 침실의 창문 뒤에서 그들을 지켜보는 존재가 사라져감을 느꼈다. 그들은 처음엔 별로 걱정하지 않았다. 누군가로부터 관찰당하는 일이 너무나 익숙해진 나머지 장난을 칠 때만 그 사실을 신경 썼기 때문이다. 그 외의 시간에는 노인이 없는 것처럼 굴었다. 어쩌면 이 점이 결국 노인의 신경을 건드렸거나 혹은 그에게 상처를 주었을 줄 누가 알랴? 어느 날 그는 맞은편에 사는 사람들의 정원 쪽으로 난 창문의 커튼을 닫아버렸다. 어슴푸레한 빛에 싸인 방에서 며칠을 보내고는 반대쪽 창문의 커튼을 열었다. 집 뒤편 시골 풍경이 내다보이는 창문이었다. 그때부터 그는 그쪽에 망원경을 가져다 두고 앉았다. 그의 시야에 처음으로 들어온 것은 고사리와 산토끼였다.

며칠 뒤, 오스퇴르 부부의 요지부동한 존재감에도 불구하고, 남자아이들과 어린 하녀들과 가정교사들은 설명할 수 없는 초조함이 자신들을 덮쳐오는 것을 느꼈다. 마치 그들이 사라지는 것 같았다. 가정교사들은 어리둥절한 표정으로 서로를 바라보고, 거울 앞에 서서 자신들의 모습을 살펴보았으며, 서로에게 어떤 질문을 던져야 할지 정확히 알지 못한 채 눈빛으로 서로 질문을 던졌다. "우리는 작아지고 있어." 어느 날 엘레오노르가 말했다. "우리는 녹아내리고 있는 거야." 로라가 대답했다. 걱정에 가득 찬 이네스는 정원으로 나가 의연하게 성큼성큼 걷기 시작했다. 하지만 그녀가 아직 걸어가고 있는데 갑자기 사라져버렸다. 정원은 줄어들고, 남자아이들은 서로의 몸 위로 곤두박질을 쳤으며, 집의 벽은 사라지고, 오스퇴르 씨는 시가를, 오스퇴르 부인은 잿빛 드레스를, 어린 하녀들은 들고

있던 접시를 잃어버렸다. 엘레오노르가 있던 자리
에는 가녀린 꽃 한 송이가 두 개의 조약돌 사이에
피어 있었고, 로라가 있던 자리에는 도마뱀 한 마
리가 재빠르게 달아나고 있었다.

1990년 8월 리옴에스몽타뉴.
1991년 2월 파리.

옮긴이의 말

　안 세르(Anne Serre, 1960~)는 《가정교사들》을 통해 한국에 처음으로 소개되는 작가이지만, 지난 30여 년간 평단과 대중의 호평을 받으며 현대 프랑스 문단에서 확고한 입지를 다져온 작가이다. 그의 작품들은 마술적 사실주의의 성향을 지닌 것으로 평가되기도 하지만, 보통은 다양한 장르의 경계가 허물어진, '분류가 불가능한' 성격으로 잘 알려져 있다. 특히 1990년대에 발표된 초기작들의 경우가 그러한데, 1992년 데뷔작인 《가정교사들》은 이러한 특징이 고스란히 드러나는 작품이다. 최근 영미권에 번역되어 비평계의 찬사를 받았으며, 영화화 계획

이 잇따라 발표되기도 했다.

《가정교사들》의 문체와 분위기, 그리고 작품 곳곳을 채우는 요소들은 동화를 읽는 듯한 인상을 흠뻑 풍긴다. 하지만 천천히 책장을 넘기다 보면 아름다운 결말이나 교훈은 찾아볼 수 없는, 일종의 '잔혹 동화'에 가깝다는 사실을 독자들은 이내 깨닫게 될 것이다. 엇갈리는 정보들과 무너진 경계 속에서 우리는 무엇이 진짜이고 가짜인지, 무엇이 현실이고 꿈인지 알 수 없는 모호함의 영역에 혹은 상상력의 공간에 진입한다. 배경이 어느 시대인지, 어느 공간에서 일어나는 일인지, 가정교사들의 진짜 역할이 무엇이고 그들이 돌보는 남자아이들은 도대체 누구인지도 알 길이 없다.

경계가 무너지고 금기가 해제된 이 세계에서 우리에게 가장 먼저 던져지는 화두는 여성의 성과 페미니즘이다. 금기의 대상이었던 여성의 성을 튀어오르며 날갯짓하듯 펼쳐내는 엘레오노르, 이네스, 로라는 낯선 남자들을 '잡아먹는' 과감하고 발칙한 가정교사들이다. 기존의 남성 주도적 섹슈얼리티를 전복하고 자신들의 욕망을 온전히 자신들이 원하는 방식으로 충족—그것이 가능한 일이라면—하는 여성들이다. 모성애에 대해서도 마찬가지이다. 그간 페미니즘의 시각 아래 모성애는 수많은 담론과 문학 작품 속에서 다양한 방식으로 고찰되고 표현되어왔으나, 로라가 아이를 낳은 후 느끼는 감정의 묘사는 출간 후 30년의 시간이 흐른 지금도 우리에게 독특하고 참신한 관점을 제시한다.

하지만 이 작품을 단순히 여성의 성을 탐구하는 페미니즘 소설로만 읽는 것은 충분한 독서법이 되지 못할 것이다. 작가는 사랑과 육욕의 관계, 우정, 고독, 관음증, 자연에 대한 예찬, 계급의 문제와 같은 다양한 주제를 비교적 짧은 분량의 소설 속에 촘촘히 담아내고 있다.

그중에서도 관찰자의 존재와 그의 시선에 대한 문제는 작품을 이루는 두 번째 축이라 할 수 있을 것이다. 가정교사들의 기행들은 건너편 집에서 망원경에 눈을 대고 쉼 없이 그들을 쫓는 노인에 의해 관찰된다. 가정교사들은 그런 노인을 위해 일부러 더 과감하고 과시적이 되기도 하지만, 보통은 그의 존재를 당연한 것으로 여기며 지낸다. 그런데 작품의 말미에서 그가 지켜보기를 그만두자, 가정 교사들은 존재하기를 그친다. 망원경이 접히듯 금 빛 철책으로 둘러싸인 정원과 저택은 접히고, 그 안에서 인물들은 고꾸라지거나 사라지거나 모습을 바꾸어버린다. 원래 가정교사들은 스스로를 '현실 의 보증인'이라 여기며 자신들이 집을 떠나는 순간 집이 무너져 내리고 모든 것이 사라질 거라 생각했 었는데 말이다. 그렇다면 누군가에게 보여야만 우 리는 존재할 수 있는 걸까? 우리의 존재의 의미는 관찰자의 시선에 있는 것일까? 우리 삶의 증인이 꼭 필요한 걸까?

책장을 덮고 나면 우리에게 수많은 질문들이 남 는다. 하지만 이 질문들에 대한 정답을 구하는 일 은 불가능하거나 헛된 일이리라. 이 작품 앞에 흔 히 붙는 '혼란스러운'이라는 수식어가 괜한 것이 아님을 독자들은 알게 될 것이다. 하지만 만화경 속을 들여다본 듯 시간이 빗겨 간 환상의 세계를

구경한 독자들이 작품에 뒤따라붙는 '매혹적'이라
는 수식어에도 동의하게 되길 기대한다.

2023년 8월

길경선

가정교사들

1판 1쇄 발행 2023년 8월 3일

지은이 · 안 세르
옮긴이 · 길경선
펴낸이 · 주연선

(주)은행나무
04035 서울특별시 마포구 양화로11길 54
전화 · 02)3143-0651~3 ㅣ 팩스 · 02)3143-0654
신고번호 · 제 1997—000168호(1997. 12. 12)
www.ehbook.co.kr
ehbook@ehbook.co.kr

ISBN 979-11-6737-127-0 (03860)